한국어 한국문학

한글파크

머리말

한국어를 배우는 사람들이 점점 많아지고 있다. 그로 인해 중·고급 수준의 한국어를 구사하는 외국인을 만나는 일이 어렵지 않다. 그들은 한국어뿐만 아니라 한국의 문화와 문학에 관심이 많다.

그러나 외국인에게 한국 문학을 가르치는 일은 쉽지 않았다. 기존의 한국 문학 수업과 교재가 읽기에 집중하기 때문이다. 한국 문학 강의를 할 때마다 한국 문학을 재미있게 공부할 수 있는 교재가 절실히 필요하다고 느꼈다.

이 책은 문학 작품을 읽고, 생각하고, 토론하는 등의 다양한 활동을 통해 한국 문학의 매력에 자연스럽게 빠져들 수 있도록 구성하였다. 또한 어휘와 문법, 내용 이해 문제를 통해 한국어 능력도 향상될 것으로 기대한다. 이 책이 한국 문학으로 한국어를 익힐 뿐만 아니라 한국 문화까지 이해할 수 있는 계기가 되기를 바란다. 그뿐만 아니라 낯선 나라에서 씩씩하게 자신의 앞날을 개척해 나가는 외국인들의 삶을 비출 등불이 될 수 있기를 기대한다.

이 책이 나오기까지 많은 분들의 도움이 있었다. 외국인을 대상으로 하는 한국 문학이라는 쉽지 않은 주제의 책을 출간하겠다는 저자의 손을 흔쾌히 잡아 주신 한글파크의 대표님과 편집부에 깊은 감사의 마음을 전한다. 또 책이 나오기까지 많은 도움을 주었던 울산대학교 국어국문학부의 마소연, 진가리 선생에게도 감사의 뜻을 표한다.

2017. 8.

저자 일동

이 책은 한국어능력시험 3~4급에 해당하는 중급 수준의 한국어 학습자를 대상으로 하는 한국 문학 학습서입니다. 시조, 현대 시, 고전 소설, 현대 소설의 다양한 한국 문학 작품을 감상하면서 한국의 문화와 한국어를 깊이 있게 이해할 수 있도록 하였습니다.

총 15개의 단원이며, 각 단원은 아래와 같은 8단계로 구성되었습니다.

🌸 들어가기

어떤 내용을 배울 것인지 미리 생각해 보는 단계입니다. 해당 문학 작품을 상징하는 그림과 질문을 통해 작품에 대한 흥미를 가질 수 있도록 구성하였습니다.

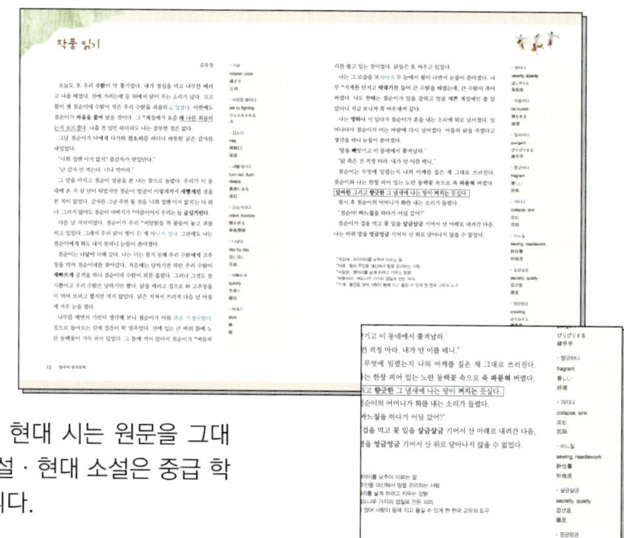

🌸 작품 읽기

작품을 읽어 보는 단계입니다. 현대 시는 원문을 그대로 제시하였고, 시조 · 고전 소설 · 현대 소설은 중급 학습자 수준에 맞추어 다듬었습니다.

🌸 어휘

어려운 어휘는 영어/일본어/중국어로 번역을 제공하였습니다. 어휘를 빠르게 파악함으로써 작품에 집중할 수 있습니다.

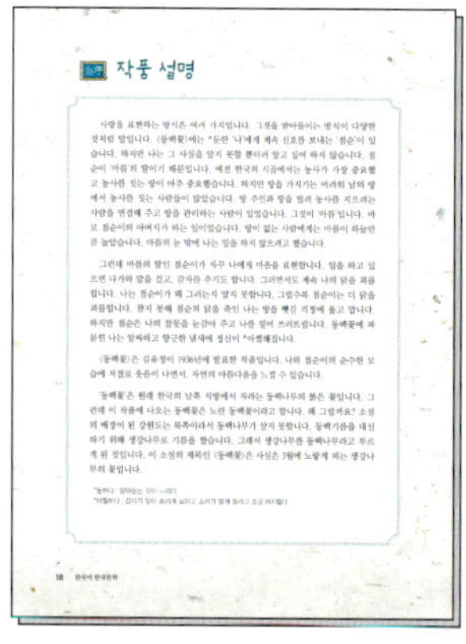

🌸 작품 설명

감상한 작품에 대한 설명을 읽는 단계입니다. 작품의 배경, 작가의 삶 등을 알 수 있으므로 작품을 더욱 깊이 있게 이해하게 됩니다.

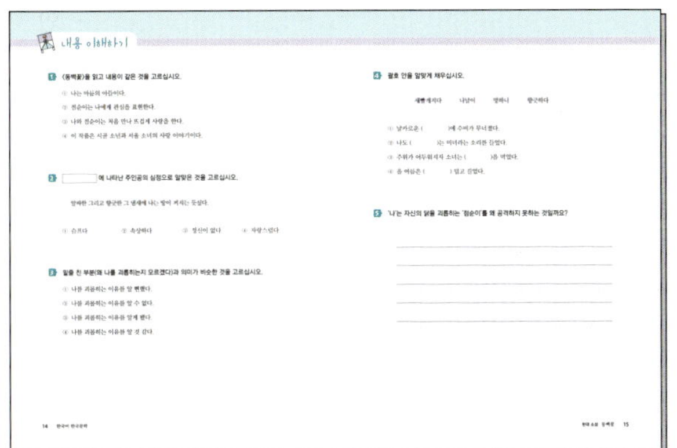

🌸 내용 이해하기

작품의 내용, 주제, 표현에 관한 다양한 문제를 풀어 보는 단계입니다.
TOPIK(한국어능력시험)과 유사한 유형의 문제로 구성되어 TOPIK도 대비할 수 있습니다.

🌸 문법

작품 속 문법을 학습하는 단계입니다.
〈표준국어대사전〉을 바탕으로 중급 학습자 수준에 맞추어 쉽게 풀이하였습니다.
작품 속 문법의 쓰임을 확인함으로써 한국어 능력을 더욱 향상시킬 수 있습니다.

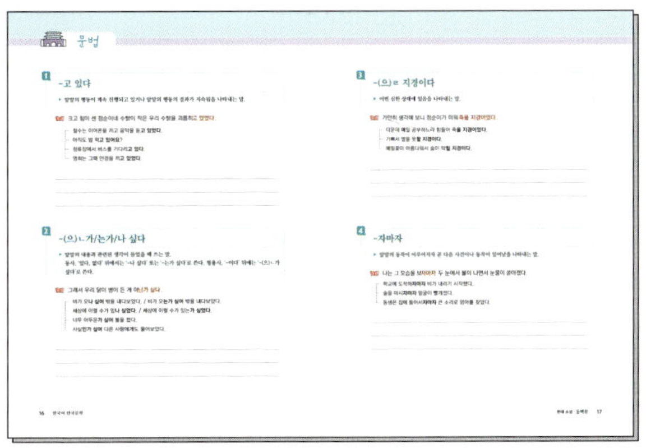

🌸 활동

작품의 주제와 문법에 관련된 활동을 하는 단계입니다. 학습한 문법과 작품을 얼마나 이해했는지 확인해 볼 수 있습니다.

🌸 쉬어가기

문학 작품과 관련된 다양한 볼거리를 제공하여 한국 문학에 대해 더 흥미를 느낄 수 있게 하였습니다.
작품에 관련된 지역 답사 정보, 재미있는 이야기 등을 읽어 볼 수 있습니다.

단원	장르	작품명	내용	문법
1	현대 소설	동백꽃	아름다운 산골에 사는 소년과 소녀의 순수한 첫사랑 이야기	-고 있다 -(으)ㄴ가/는가/나 싶다 -(으)ㄹ 지경이다 -자마자
2		사랑 손님과 어머니	어린 옥희의 눈으로 본 어머니와 사랑방 손님 아저씨의 이야기	-대요 -자 -아/어 놓다 말이다
3		메밀꽃 필 무렵	장돌뱅이 허 생원이 우연히 만난 동이에게 말하는 잊지 못하는 사랑 이야기	-(으)ㄹ걸 -았/었더니 -(으)ㄴ/는/(으)ㄹ 듯이 -느라
4		운수 좋은 날	인력거꾼인 김 첨지의 비극적인 하루에 대한 이야기	-도록 -게¹ -게² -다가
5	현대 시	진달래꽃	이별의 고통을 참는 여인의 이야기	-기 -아/어다 -아/어도
6		서시	부끄러움 없는 삶을 살려고 하는 청년의 이야기	-기를 -아/어야지 한테 -아/어야겠다
7		님의 침묵	떠난 님에 대한 사랑 이야기	ㅂ 불규칙 (이)라 -지 아니하다
8		꽃	이름을 부르는 것으로 시작하는 소통에 대한 이야기	-았/었을 때 -아/어 다오 에게로 -고 싶다
9	고전 소설	흥부전	심술 많은 놀부의 착한 동생 흥부가 제비 다리를 고쳐 주면서 복을 받는 이야기	-(으)ㄹ 텐데 -아/어라 은/는커녕 -다 보면
10		홍길동전	잘못된 세상을 바로잡으려고 노력하는 영웅 홍길동의 이야기	-기로 -고 말다 (이)야말로 -게 하다
11		심청전	아버지를 위해 인당수에 몸을 던진 효녀 심청의 이야기	-(으)ㄹ수록 마저 밖에 -(으)ㄴ가/는가/나 보다
12		춘향전	기생 딸 춘향과 양반 아들 이몽룡의 신분을 뛰어넘는 사랑 이야기	-너라 -(느)ㄴ다는 -는 바람에 -느니 (차라리)
13	시조	하여가/단심가	새로운 나라를 만들려는 이방원과 그에 반대하는 정몽주의 이야기	이같이 까지 (이)야
14		동짓달 기나긴 밤을	조선 최고의 기생인 황진이가 사랑하는 사람에 대한 그리움을 표현한 이야기	사이시옷 -아/어 내다 -았/었다가 -(으)리라
15		어버이 살아 있을 때	효도의 중요성에 대한 이야기	하여라 -(으)ㄴ가/는가/나 하다 -노라

현대 소설

현대 소설의 이해를 위해서

　한국의 현대 소설은 약 100년 전에 시작되었습니다. 유럽과 미국 등 서양 문화가 들어오고 새로운 학교 교육을 받은 사람들이 활발하게 소설 쓰기에 나섰기 때문입니다. 또한 소설을 실을 잡지와 신문이 *발간되면서 폭넓은 문학 활동이 가능하게 되었습니다.

　최초의 현대 소설은 1917년 발표된 이광수의 〈무정〉입니다. 이후 다양한 인간의 모습을 그린 작품들이 나왔고, 운명에 대한 고민이나 힘든 시대 상황 등 다양한 주제의 작품들이 주목받았습니다.

　이광수, 김동인, 현진건, 염상섭, 이효석, 김유정 등이 유명한 현대 소설 작가입니다. 이들이 쓴 *장편 소설, *단편 소설은 지금까지도 많은 사람들이 읽고 있습니다.

　현대 소설은 인물과 사건을 중심으로 읽으면 재미있게 읽을 수 있습니다. 특히 인물의 성격과 상황을 중심으로 해서 읽어 보세요. 이 방법으로 읽으면 소설 속에 담긴 한국인의 생각이나 한국 사회의 모습을 더 잘 볼 수 있을 것입니다.

*발간 : 책, 신문, 잡지 등을 만들어 냄.
*장편 소설 : 이야기가 복잡하고 나오는 사람도 다양한 긴 소설.
*단편 소설 : 길이가 짧은 소설.

동백꽃

- 여러분은 어떤 방식으로 사랑을 표현했나요?
- 어떤 방식으로 고백을 받았을 때 행복했었나요?

작품 읽기

김유정

오늘도 또 우리 **수탉**이 막 쫓기었다. 내가 점심을 먹고 나무를 베려고 나올 때였다. 산에 가려는데 등 뒤에서 닭이 우는 소리가 났다. 크고 힘이 센 점순이네 수탉이 작은 우리 수탉을 괴롭히고 있었다. 이번에도 점순이가 **싸움을 붙여** 놨을 것이다. 그 *계집애가 요즘 왜 나를 괴롭히는지 모르겠다. 나흘 전 일만 하더라도 나는 잘못한 것은 없다.

그날 점순이가 나에게 다가와 **잔소리**를 하더니 따뜻한 굵은 감자를 내밀었다.

"너희 집엔 이거 없지? 봄감자가 맛있단다."

"난 감자 안 먹는다, 너나 먹어라."

그 말을 마치고 점순이 얼굴을 본 나는 참으로 놀랐다. 우리가 이 동네에 온 지 삼 년이 되었지만 점순이 얼굴이 이렇게까지 **새빨개진** 것을 본 적이 없었다. 감자를 그냥 주면 될 것을 '너희 집엔 이거 없지'는 다 뭐냐. 그러지 않아도 점순이 아버지가 *마름이어서 우리는 늘 **굽실거린다**.

다음 날 저녁이었다. 점순이가 우리 *씨암탉을 꼭 붙들어 놓고 괴롭히고 있었다. 그래서 우리 닭이 병이 든 게 아닌가 싶다. 그런데도 나는 점순이에게 화도 내지 못하니 눈물이 쏟아졌다.

점순이는 **나날이** 더해 갔다. 나는 더는 참지 못해 우리 수탉에게 고추장을 먹여 점순이네를 찾아갔다. 처음에는 당하기만 하던 우리 수탉이 **재빠르게** 공격을 하니 점순이네 수탉이 피를 흘렸다. 그러나 그것도 잠시뿐이고 우리 수탉은 당하기만 했다. 닭을 데리고 집으로 와 고추장을 더 먹여 보려고 했지만 먹지 않았다. 닭은 지쳐서 쓰러져 다음 날 아침에 겨우 눈을 떴다.

나무를 베면서 가만히 생각해 보니 점순이가 미워 죽을 지경이었다. 집으로 돌아오는 길에 걸음이 딱 멈추었다. 산에 있는 큰 바위 틈에 노란 동백꽃이 가득 피어 있었다. 그 틈에 끼어 앉아서 점순이가 *버들피

■ 수탉
rooster, cock
雄どり
公鸡

■ 싸움을 붙이다
set to fighting
けんかをさせる
斗

■ 잔소리
nag
無駄口
烦言

■ 새빨개지다
turn red, flush deeply
真赤になる
变红

■ 굽실거리다
crawl, kowtow
腰を折る
卑躬屈膝

■ 나날이
day by day
日に日に
日益

■ 재빠르게
quickly
手早く
刷拉

■ 막대기
stick
棒
棍

리를 불고 있는 것이었다. 닭들은 또 싸우고 있었다.

나는 그 모습을 보자마자 두 눈에서 불이 나면서 눈물이 쏟아졌다. 나무 *지게를 던지고 **막대기**를 들어 큰 수탉을 때렸는데, 큰 수탉이 죽어 버렸다. 나도 한때는 점순이가 일을 잘하고 얼굴 예쁜 계집애인 줄 알았더니 지금 보니까 꼭 여우새끼 같다.

나는 **멍하니** 서 있다가 점순이가 혼을 내는 소리에 뒤로 넘어졌다. 일어나다가 점순이가 미는 바람에 다시 넘어졌다. 마름의 닭을 죽였다고 생각을 하니 눈물이 쏟아졌다.

'땅을 빼앗기고 이 동네에서 쫓겨날라.'

"닭 죽은 건 걱정 마라. 내가 안 이를 테니."

점순이는 무엇에 밀렸는지 나의 어깨를 짚은 채 그대로 쓰러진다. 점순이와 나는 한창 피어 있는 노란 동백꽃 속으로 푹 **파묻혀** 버렸다.

알싸한 그리고 **향긋한** 그 냄새에 나는 땅이 **꺼지는** 듯싶다.

잠시 후 점순이의 어머니가 화를 내는 소리가 들렸다.

"점순아! **바느질**을 하다가 어딜 갔어?"

점순이가 겁을 먹고 꽃 밑을 **살금살금** 기어서 산 아래로 내려간 다음, 나는 바위 옆을 **엉금엉금** 기어서 산 위로 달아나지 않을 수 없었다.

*계집애 : 여자아이를 낮추어 이르는 말.
*마름 : 땅의 주인을 대신해서 땅을 관리하는 사람.
*씨암탉 : 병아리를 낳게 하려고 키우는 암탉.
*버들피리 : 버드나무 가지의 껍질로 만든 피리.
*지게 : 물건을 얹어 사람이 등에 지고 옮길 수 있게 한 한국 고유의 도구.

- 멍하니
vacantly, absently
ぼんやりと
呆呆地

- 파묻히다
be buried
埋もれる
被埋

- 알싸하다
pungent
ぴりぴりする
辣乎乎

- 향긋하다
fragrant
香しい
好闻

- 꺼지다
collapse, sink
沈む
沉陷

- 바느질
sewing, needlework
針仕事
针线活

- 살금살금
secretly, quietly
忍び足
蹑足

- 엉금엉금
crawling
のそのそと
慢吞吞

1 〈동백꽃〉을 읽고 내용이 같은 것을 고르십시오.

① 나는 마름의 아들이다.

② 점순이는 나에게 관심을 표현한다.

③ 나와 점순이는 처음 만나 뜨겁게 사랑을 한다.

④ 이 작품은 시골 소년과 서울 소녀의 사랑 이야기이다.

2 ☐☐☐☐☐ 에 나타난 주인공의 심정으로 알맞은 것을 고르십시오.

알싸한 그리고 향긋한 그 냄새에 나는 땅이 꺼지는 듯싶다.

① 슬프다　　　② 속상하다　　　③ 정신이 없다　　　④ 자랑스럽다

3 밑줄 친 부분(왜 나를 괴롭히는지 모르겠다)과 의미가 비슷한 것을 고르십시오.

① 나를 괴롭히는 이유를 알 뻔했다.

② 나를 괴롭히는 이유를 알 수 없다.

③ 나를 괴롭히는 이유를 알게 됐다.

④ 나를 괴롭히는 이유를 알 것 같다.

4 괄호 안을 알맞게 채우십시오.

새빨개지다   나날이   멍하니   향긋하다

① 꽃향기가 (   ).

② 화가 나서 얼굴이 (   ).

③ 아까부터 (   ) 창문 밖만 보고 있다.

④ 가게가 유명해져서 (   ) 손님이 늘고 있다.

5 '나'는 자신의 닭을 괴롭히는 '점순이'에게 왜 화를 내지 못하는 것일까요?

1

-고 있다

▶ 앞말의 행동이 계속 진행되고 있거나 앞말의 행동의 결과가 지속됨을 나타내는 말.

📖 크고 힘이 센 점순이네 수탉이 작은 우리 수탉을 괴롭히**고 있었다**.

- 철수는 이어폰을 끼고 음악을 듣**고 있었다**.
- 아직도 밥 먹**고 있어요**?
- 정류장에서 버스를 기다리**고 있다**.
- 영희는 그때 안경을 끼**고 있었다**.

2

-(으)ㄴ가/는가/나 싶다

▶ 앞말의 내용과 관련된 생각이 들었을 때 쓰는 말.
동사, '있다, 없다' 뒤에서는 '-나 싶다' 또는 '-는가 싶다'로 쓴다. 형용사, '-이다' 뒤에는 '-(으)ㄴ가 싶다'로 쓴다.

📖 그래서 우리 닭이 병이 든 게 아**닌가 싶다**.

- 비가 오**나 싶어** 밖을 내다보았다. / 비가 오**는가 싶어** 밖을 내다보았다.
- 세상에 이럴 수가 있**나 싶었다**. / 세상에 이럴 수가 있는**가 싶었다**.
- 너무 어두운**가 싶어** 불을 켰다.
- 사실**인가 싶어** 다른 사람에게도 물어보았다.

-(으)ㄹ 지경이다

▶ 어떤 심한 상태에 있음을 나타내는 말.

📖 가만히 생각해 보니 점순이가 미워 죽**을 지경이었다**.

- 더운데 매일 공부하느라 힘들어 죽**을 지경이었다**.
- 기뻐서 말을 못**할 지경이다**.
- 메밀꽃이 아름다워서 숨이 막**힐 지경이다**.

-자마자

▶ 앞말의 동작이 이루어지자 곧 다음 사건이나 동작이 일어남을 나타내는 말.

📖 나는 그 모습을 보**자마자** 두 눈에서 불이 나면서 눈물이 쏟아졌다.

- 학교에 도착하**자마자** 비가 내리기 시작했다.
- 술을 마시**자마자** 얼굴이 빨개졌다.
- 동생은 집에 들어서**자마자** 큰 소리로 엄마를 찾았다.

작품 설명

　사랑을 표현하는 방식은 여러 가지입니다. 그것을 받아들이는 방식이 다양한 것처럼 말입니다. 〈동백꽃〉에는 *둔한 '나'에게 계속 신호를 보내는 '점순'이 있습니다. 하지만 나는 그 사실을 알지 못할 뿐더러 알고 싶어 하지 않습니다. 점순이 '마름'의 딸이기 때문입니다. 예전 한국의 시골에서는 농사가 가장 중요했고 농사를 짓는 땅이 아주 중요했습니다. 하지만 땅을 가지기는 어려워 남의 땅에서 농사를 짓는 사람들이 많았습니다. 이때 땅 주인과 땅을 빌려 농사를 지으려는 사람을 연결해 주고 땅을 관리하는 사람이 있었습니다. 그것이 '마름'입니다. 바로 점순이의 아버지가 하는 일이었습니다. 땅이 없는 사람에게는 마름이 하늘만큼 높았습니다. 마름의 눈 밖에 나는 일을 하지 않으려고 했습니다.

　그런데 마름의 딸인 점순이가 자꾸 나에게 마음을 표현합니다. 일을 하고 있으면 다가와 말을 걸고, 감자를 주기도 합니다. 그러면서도 계속 나의 닭을 괴롭힙니다. 나는 점순이가 왜 그러는지 알지 못합니다. 그럴수록 점순이는 더 닭을 괴롭힙니다. 참지 못해 점순의 닭을 죽인 나는 땅을 뺏길 걱정에 울고 맙니다. 하지만 점순은 나의 잘못을 눈감아 주고 나를 밀어 쓰러뜨립니다. 동백꽃에 파묻힌 나는 알싸하고 향긋한 냄새에 정신이 *아찔해집니다.

　〈동백꽃〉은 김유정이 1936년에 발표한 작품입니다. 나와 점순이의 순수한 모습에 저절로 웃음이 나면서, 자연의 아름다움을 느낄 수 있습니다.

　'동백꽃'은 원래 한국의 남쪽 지방에서 자라는 동백나무의 붉은 꽃입니다. 그런데 이 작품에 나오는 동백꽃은 노란 동백꽃이라고 합니다. 왜 그럴까요? 소설의 배경이 된 강원도는 북쪽이라서 동백나무가 살지 못합니다. 동백기름을 대신하기 위해 생강나무로 기름을 짰습니다. 그래서 생강나무를 동백나무라고 부르게 된 것입니다. 이 소설의 제목인 〈동백꽃〉은 사실은 3월에 노랗게 피는 생강나무의 꽃입니다.

*둔하다 : 알아듣는 것이 느리다.
*아찔하다 : 갑자기 앞이 흐리게 보이고 소리가 멀게 들리고 조금 어지럽다.

활동

▶ 사랑하는 사람을 생각하면 어떤 모습이 떠오르나요? 아래의 문법을 사용해 그 모습을 설명해 보세요.

문법 -고 있다

예 그녀는 도서관에서 책을 읽고 있었다.
그는 횡단보도 건너편에서 나에게 손을 흔들고 있었다.

감자

생강꽃

김유정 문학촌에 가 볼까요?

강원도 춘천 실레마을은 김유정 작가의 고향입니다. 김유정은 고향에서 많은 작품을 썼습니다. 그를 기념하기 위해 김유정 작가가 살던 곳에 김유정 문학촌을 세웠습니다.

김유정 문학촌에서 작가가 살던 집과 기념전시관, 이야기집을 볼 수 있고, 김유정 문학촌 관련 이야기를 듣고 싶다면 문화해설사의 해설 시간에 맞추어 가는 것이 좋습니다. 작가의 일생과 작품에 대한 해설을 들을 수 있습니다.

출처 : 김유정 문학촌(www.kimyoujeong.org)

사랑 손님과 어머니

- 여러분이 생각하는 가족은 어떤 모습입니까?
- 시대와 함께 변화한 가치관은 어떤 것이 있을까요?

작품 읽기

주요섭

나는 여섯 살이 된 박옥희입니다. 어머니와 **외삼촌**과 살고 있어요. 우리 아버지는 내가 태어나기 전에 돌아가셨대요.

그러던 어느 날부터 학교 선생님인 아저씨가 우리 집 *사랑에 살기로 했어요. 나는 아저씨와 금방 친해졌어요. 매일 아저씨 방에 놀러 갔어요. 그럴 때마다 어머니는 나를 예쁘게 꾸며 주셨어요.

아저씨는 나처럼 삶은 달걀을 좋아했어요. 나는 어머니에게 아저씨가 달걀을 제일 좋아한다고 말했어요. 그날부터 삶은 달걀을 실컷 먹게 되었어요.

어느 날 나는 아저씨와 정거장이 보이는 **뒷동산**에 올라갔어요. 그때 유치원 친구들을 만났어요. 친구들이 아저씨를 나의 아빠라고 생각했어요. 그 말을 듣고 나도 모르게 아저씨가 우리 아빠면 좋겠다는 말을 **어리광**을 부려 가면서 했어요. 아저씨는 얼굴이 **홍당무**처럼 빨개져서 나를 혼냈어요. 아저씨가 화가 난 것처럼 보여서 눈물이 났어요.

일요일에 어머니와 교회에 갔어요. 저 멀리 아저씨도 앉아 있었어요. 나는 반가워서 아저씨에게 인사를 했지만 아저씨는 화가 난 것처럼 보였어요. 아저씨를 본 어머니도 화가 난 것처럼 보였어요. 왜 모두들 그렇게 화를 내는지 울고 싶었어요.

다음 날이었어요. 유치원을 다녀왔는데 어머니가 보이지 않았어요. 나를 기다리지 않은 어머니에게 화가 나 **벽장**에 숨었어요. 그러다가 나도 모르게 잠이 들고 말았어요. 잠에서 깨고 보니 벽장 안이 어둡고 좁고 더워서 울기 시작했어요. 그때 벽장문이 열렸어요. 어머니였어요. 나더러 울지 말라고 하면서도 어머니는 자꾸 울었어요.

이튿날 유치원을 마치고 오면서 어머니께 꽃을 가져다 드렸어요. 어머니가 어디서 가져온 꽃이냐고 물었어요.

"응, 이 꽃! 저, 아저씨가 엄마 갖다 주라고 했어."

■ **외삼촌**
uncle on one's mother's side
叔父
舅舅

■ **뒷동산**
back hill
裏山
后山

■ **어리광**
acting like a baby
甘える
撒娇

■ **홍당무**
carrot
赤大根
胡萝卜

■ **벽장**
closet
押し入れ
壁棚

■ **파르르**
shiver
ぶるぶる
哆哆嗦嗦

내가 왜 거짓말을 했는지 나도 모르겠어요. 꽃을 들고 냄새를 맡고 있던 어머니는 꽃보다 더 빨갛게 되었어요. 어머니 <u>손가락이 **파르르** 떠는 것</u>을 나는 보았어요. 어머니는 방 안을 한 번 둘러보고 떨리는 목소리로 말했어요.

"옥희야, 이런 걸 받아서 오면 안 돼. 이 꽃 이야기는 아무한테도 하면 안 돼."

어머니는 꽃을 꽃병에 꽂아서 *풍금 위에 놓아두었어요. 꽃이 다 시<u>들자</u> 꽃을 **찬송가 갈피**에 곱게 끼워 두었어요.

그러던 어느 날 어머니가 말했어요.

"옥희가 아버지를 새로 또 가지면, 옥희는 **손가락질 받고**, 커서 시집도 훌륭한 데 못 가. 공부를 해서 훌륭하게 돼도, 남들이 욕을 할 거야."

며칠 뒤에 아저씨가 짐을 싸고 있었어요. 그리고는 기차를 타고 멀리 간다고 했어요. 그 말을 어머니에게 전했어요. 어머니는 아무 말도 안 했어요.

그날 오후에 나는 어머니 손을 잡고 뒷동산으로 올라갔어요. 저편 **산모퉁이**에서 기차가 나타났어요. 뒷동산에서 내려오자 어머니는 방으로 들어가시더니, 풍금 뚜껑을 닫았어요. 풍금에 **자물쇠를 채우고** 그 위에다가 **반짇고리**를 얹어 놓고 찬송가 속 꽃을 빼내 버렸어요.

그때 달걀 장수가 왔어요.

"이젠 우리 달걀 안 사요. 달걀 먹는 사람이 없어요."

어머니는 거짓말쟁이예요. 나도 달걀을 좋아하는데 달걀을 먹는 사람이 없다고 하니 말이에요.

---

*사랑(방) : 집에서 따로 떨어져 있는 방. 손님에게 드리는 방.
*풍금 : 피아노와 비슷한 건반 악기.

■ 찬송가
hymn
贊美歌
赞美诗

■ 갈피
space between the pages of a book
本の間
里

■ 손가락질(을) 받다
to be pointed a finger
後ろ指さされる
戳脊梁，说闲话

■ 산모퉁이
spur of a hill
山隈
山拐角

■ 자물쇠를 채우다
lock up
かぎをかける
上锁

■ 반짇고리
sewing box
針箱
针线盒

1 〈사랑 손님과 어머니〉를 읽고 내용이 같은 것을 고르십시오.

① 옥희는 아저씨에게 달걀을 가져다준다.

② 옥희 어머니는 사랑을 지키기 위해 노력한다.

③ 옥희는 어머니의 마음을 정확하게 이해하고 있다.

④ 옥희는 아저씨와 어머니가 서로 사랑하기를 기대한다.

2 밑줄 친 부분(손가락이 파르르 떠는 것)에 나타난 어머니의 심정으로 알맞지 않은 것을 고르십시오.

① 기쁘다   ② 화나다   ③ 긴장하다   ④ 가슴이 뛰다

3 다음 밑줄 친 부분과 의미가 비슷한 것을 고르십시오.

엄마와 아저씨는 <u>화가 난 모양이었다.</u>

① 화가 난 것 같다.   ② 화가 난 적이 없다.

③ 화가 나기도 한다.   ④ 화가 날 리가 없다.

 괄호 안을 알맞게 채우십시오.

홍당무   파르르   갈피   손가락질

① 책(   )에 돈이 끼워져 있었다.

② 그는 (   ) 화를 내고 집을 나갔다.

③ 그녀 앞에만 서면 그의 얼굴은 (   )가 되었다.

④ 지하철에서 시끄럽게 통화한 사람이 (   )을 받았다.

5 옥희는 사랑방 아저씨를 어떻게 생각했습니까?

1 -대요

▶ 다른 사람에게 들은 사실을 말을 듣는 사람에게 설명하거나 알릴 때 쓰는 말.
'-다고 해요'가 줄어든 말. '-요'를 빼면 반말이 된다.

📖 우리 아버지는 내가 태어나기 전에 돌아가셨**대요**.

- 옥희 아버지는 몇 년 전에 돌아가셨**대요**.
- 그 회사는 월급이 아주 많**대요**.
- 일기예보에서 내일은 비가 온**대요**.

2 -자

▶ 한 동작이 끝남과 동시에 다른 동작이나 사실이 잇따라 일어남을 나타내는 말.

📖 꽃이 다 시들**자** 꽃을 찬송가 갈피에 곱게 끼워 두었어요.

- 까마귀 날**자** 배 떨어진다.
- 집을 나서**자** 비가 오기 시작했다.
- 크리스마스가 되**자** 사람들이 모두 시내로 나왔다.

3 -아/어 놓다

▶ 앞말의 행동의 결과로 일어난 상태를 유지함을 나타내는 말.

📖 그 위에다가 반짇고리를 얹**어 놓고** 찬송가 속 꽃을 빼내 버렸어요.

- 이것부터 **해 놓고** 나가자.
- 옷을 왜 다 뒤집**어 놓았어**?
- 잠시 휴대전화를 **꺼 놓으십시오**.

4 말이다

▶ 말끝에 붙여도 뜻에는 변화가 없고 '내가 하는 말인데 잘 들어라.' 정도의 의미가 있는 말투.
'말이에요, 말이야, 말이죠, 말이지, 말인데' 등으로 쓴다.

📖 나도 달걀을 좋아하는데 달걀을 먹는 사람이 없다고 하니 **말이에요**.

- 글쎄 **말이에요**.
- 그런데 **말이야**.
- 앞으로는 사랑의 표현 방식도 다양해질 테니 **말이에요**.

작품 설명

    평생 사랑은 한 번뿐일까요? 한 번뿐이어야 할까요? 1935년 발표된 〈사랑 손님과 어머니〉가 던진 질문입니다. 젊은 나이에 남편을 잃은 아내는 어떤 삶을 살아야 할까요? 그 시대의 한국에서는 답이 정해져 있는 질문이었습니다. 죽은 남편을 평생 *그리워하면서, 아이를 훌륭히 키우고, 끝까지 혼자 살아야 한다는 것이었습니다. 당시의 *유교 가치관에서는 그런 여성을 '열녀'라고 부르고 칭찬했습니다. 〈사랑 손님과 어머니〉에서는 그런 시대 상황 때문에 새로운 사랑의 기회를 포기하는 여성의 모습이 나타납니다.

    옥희의 어머니는 남편을 잃고 하숙집을 하면서 딸 옥희를 키웁니다. 그런 어머니에게 새로운 사랑이 시작될 기회가 찾아왔습니다. 상대는 옥희의 집에서 사는 선생님이었습니다. 옥희는 두 사람 사이를 오가며 이야기를 전합니다. 하지만 어머니의 사랑은 시작도 해보지 않고 끝나고 맙니다. 어린 옥희를 위해서입니다.

    이 작품의 가장 큰 특징은 여섯 살 옥희가 작품을 이끌어 나간다는 점입니다. 옥희는 어린아이의 눈으로 본 어른들의 모습을 *깜찍하고 솔직하게 표현합니다. 옥희는 왜 어머니와 아저씨가 화가 난 표정이 되었는지 이해하지 못합니다. 두 사람이 어떤 감정인지를 알기에는 너무 어리기 때문이지요.

    그래서 1930년대 사회에서는 손가락질 당할 수밖에 없었던 두 사람의 사랑이 아름답게 묘사됩니다. 이야기를 이끌어 나가는 사람에 따라 이야기의 분위기가 어떻게 달라지는가를 잘 나타내는 작품입니다.

*그리워하다 : 사랑하여 몹시 보고 싶어 하다.
*유교 : 옛날 중국 공자의 가르침에서 시작한 사상으로 조선을 다스리는 원리. 나라에 충성하고 부모에 효도하라고 가르친다.
*깜찍하다 : 모양이 작고 귀엽다.

▶ 아래의 문법을 사용해서 〈사랑 손님과 어머니〉의 줄거리를 한 문장씩 말해 보세요.

문법   -대요

예 우다리 ▶ 옥희는 아버지가 없대요.

현대 소설 속 음식

작품	음식 이름	설명	사진
〈사랑 손님과 어머니〉	달걀	닭이 낳은 알. 예전에는 달걀이 비싸서 쉽게 먹을 수 없었다. 그래서 여행길에 먹는 삶은 달걀은 여행을 더욱 즐겁게 해 주었다.	
〈동백꽃〉	감자	양파나 연근처럼 줄기를 먹는 채소의 한 종류. 주로 찌거나 삶아서 먹는다. 강원도 감자가 유명하다	
〈운수 좋은 날〉	설렁탕	소의 머리 · 내장 등을 푹 고아서 만든 국. 싼 값에 고기와 국물을 먹을 수 있어서 흔히 먹는 음식이다.	
	조밥	조를 쌀과 섞어 지은 밥. 가난한 가정에서 주로 먹던 밥이다.	
	모주	값싼 막걸리의 하나. 알코올 농도가 낮아 밥 대신 먹기도 했다. 전라도 전주 모주가 유명하다.	

메밀꽃 필 무렵

- 평생 기억에 남는 일이나 장소가 있나요?
- 그것이 삶에 어떤 영향을 주었나요?

작품 읽기

이효석

허 *생원은 여기저기 돌아다니며 장사를 하는 *장돌뱅이이다. 그는 왼손잡이 장돌뱅이로 이십 년 넘게 전국의 시장을 돌아다녔지만 가족도 재산도 없는 **빈털터리**였다. 그가 가진 것은 **나귀**뿐이었다.

보통 여름은 장사가 안 돼 일찍 장사를 마친다. 허 생원은 장돌뱅이 친구 조 *선달과 함께 다른 시장을 찾아가기로 했다.

"오늘은 밤새 걸어야 할걸."

두 사람은 시장에 가기 전에 술집에 들르기로 했다. 술집에 들렀더니 싸움이 나 있었다. 싸움을 일으킨 사람은 젊은 장돌뱅이인 동이였다. 허 생원은 장돌뱅이 **망신**을 시키는 동이를 크게 혼냈다. 혼이 난 동이는 자리를 떠났다.

허 생원은 술집에 앉아 술을 마시다 보니 동이가 걱정이 됐다. 그때였다. 동이가 달려와서 허 생원의 나귀가 도망가려고 한다고 말해 주었다. 세 사람은 급히 나가서 나귀를 붙잡았다.

그 길로 세 사람은 *봉평장에 같이 가기로 했다. 나귀에 짐을 싣고 함께 길을 떠났다. 허 생원은 봉평장은 거의 빠지지 않았다. 그의 인생에 여자는 단 한 명이었다. 조 선달은 **귀에 못이 박히게** 들었던 이야기였다.

"달밤에는 그런 이야기가 어울리거든. 달밤이었으나……."

산은 피기 시작한 **메밀**꽃이 소금을 뿌린 듯이 보였다. **흐뭇한** 달빛에 숨이 막힐 것 같았다. 허 생원은 이야기를 이어 나갔다.

"개울가로 목욕을 하러 갔는데 *물방앗간에서 성 *서방네 처녀가 울고 있었지. 봉평에서 제일 예뻤어. 어찌나 슬프게 우는지 달래다 보니 **기막힌** 밤을 보내게 됐지."

허 생원은 담배를 피우며 생각에 빠졌다. 조 선달과 동이는 허 생원을 쳐다보기만 할 뿐 아무 말이 없었다.

"그 다음 날 보니 아무리 찾아도 없어. 빚을 져서 가족이 모두 도망간 후였어. 첫날밤이 마지막 밤이 됐지. 평생 못 잊었어. 다시 만나면 같이

■ 빈털터리
penniless person
一文無し
穷光蛋

■ 나귀
donkey
ロバ
驴

■ 망신
shame, disgrace
恥さらし
丢脸

■ 귀에 못이 박히다
to be sick[tired] of hearing
耳に胼胝ができる
耳朵磨出茧子

■ 메밀
buckwheat
そば
荞麦

■ 흐뭇하다
satisfied
満足する
愜意

■ 기막히다
wonderful
とてつもない
不得了

살까……?”

이야기를 하다 보니 산길은 곧 큰길로 이어졌다.

허 생원은 자기 이야기를 다 했는지 동이에게 말을 걸었다. 부모님이 누구신지, 어떻게 자랐는지를 물었다. 동이가 **정색**하며 말했다.

“저는 늘 어머니 생각뿐입니다. **피붙이**라고는 어머니 한 명뿐인걸요. 아버지는 원래부터 없었어요. *제천에서 저를 낳고 집에서 쫓겨났거든요.”

이야기를 하다 보니 개울에 도착했다. 다리가 없는데 **물살**이 세고 돌도 미끄러워 건너기가 쉽지 않았다. 나귀와 조 선달은 쉽게 건넜지만 허 생원은 웬일인지 잘 건너지 못했다. 동이는 허 생원을 붙드느라 고생을 했다.

개울을 건너던 동이가 어머니의 친정이 봉평이라고 했다. 동이의 말에 허 생원은 발을 **헛디뎠다**. 조 선달은 하루 종일 실수를 하는 허 생원이 이상했다. 동이는 **허우적거리는** 허 생원을 잡아 주고 난 후 등을 내밀었다. 허 생원은 동이에게 업혔다. 동이는 허 생원을 업고 물을 건너면서 이야기를 계속했다.

“어머니는 아버지를 한번 만나고 싶어 하세요.”

허 생원은 동이의 등이 따뜻하다고 느꼈다. 물을 다 건넜을 때는 좀 더 업혔으면 좋겠다고 생각했지만 내려야 했다. 추웠지만 마음은 가벼웠다. 허 생원은 동이에게 제천장에 같이 가자고 했다.

나귀가 걷기 시작했을 때 동이의 **채찍**은 왼손에 있었다. 허 생원은 동이의 왼손을 자세히 보았다. 방울 소리가 한층 맑고 깨끗하게 울렸다. 달이 **어지간히 기울어졌다.**

*생원 : 나이 많은 남자를 좋게 불러주는 옛날 말 중 하나.
*장돌뱅이 : 여러 시장을 다니면서 물건을 파는 사람을 낮추어 이르는 말.
*선달 : 나이 많은 남자를 좋게 불러주는 옛날 말 중 하나.
*봉평 : 지금의 강원도 평창군 봉평면.
*물방앗간 : 물의 힘으로 곡식을 부수어 가루로 만드는 기구를 넣어둔 집.
*서방 : 신분이 높지 않은 남자를 부르는 말 중 하나.
*제천 : 지금의 충청북도 제천시.

■ 정색
serious face
真顔になる
严肃，一本正经

■ 피붙이
family of the same
blood
血緣
血亲，亲人

■ 물살
the current of water
水の流れる勢い
水流

■ 헛디디다
miss one's step
踏み外す
踩空，踏空

■ 허우적거리다
flounder
もがく
扑腾

■ 채찍
whip
鞭
鞭子

■ 어지간하다
to be considerable
かなり
差不多

■ 기울어지다
incline
傾く
斜

1 〈메밀꽃 필 무렵〉을 읽고 내용이 같은 것을 고르십시오.

① 허 생원과 동이는 오른손잡이이다.

② 허 생원은 큰 상점을 가진 상인이다.

③ 동이는 아버지에 대한 기억을 소중히 간직하고 있다.

④ 허 생원은 자신이 사랑했던 여자를 찾아 장을 돌아다닌다.

2 밑줄 친 부분(발을 헛디뎠다)에 나타난 주인공의 심정으로 알맞은 것을 고르십시오.

① 놀라다   ② 화나다   ③ 급하다   ④ 즐겁다

3 다음 밑줄 친 부분과 의미가 가장 비슷한 것을 고르십시오.

허 생원은 웬일인지 <u>일이 손에 잡히지 않았다.</u>

① 일이 익숙하지 않았다.   ② 일을 할 마음이 없었다.

③ 일이 늦게 진행되었다.   ④ 일에 집중하지 못했다.

4 괄호 안을 알맞게 채우십시오.

피붙이   헛디디다   채찍   어지간히

① 말에게 (　　　　)을 휘두르다.

② 식당 입구에서 발을 (　　　　).

③ 형은 나의 유일한 (　　　　)이다.

④ 술도 (　　　　) 마셨으니 집에 갑시다.

5 허 생원은 동이에 대해 어떻게 생각합니까? 왜 그렇습니까?

____

____

____

____

____

1 -(으)ㄹ걸

▶ 불확실한 추측을 나타내는 말.

오늘은 밤새 걸어야 **할걸.**

- 철수는 아마 집에 갔**을걸**.
- 생각만큼 쉽지 않**을걸**.
- 그렇게 서두르면 결국 처음부터 다시 해야 **될걸**.

2 -았/었더니

▶ 자신이 경험한 사실이 그 뒤에 일어난 사실의 이유나 근거가 됨을 나타내는 말.

출발하기 전에 술집에 들**렀더니** 싸움이 나 있었다.

- 갑자기 운동을 **했더니** 팔다리가 아프다.
- 궁금해서 전화를 걸**었더니** 철수는 집에 없었다.
- 한참 뛰**었더니** 목이 마르네요.

3

-(으)ㄴ/는/(으)ㄹ 듯이

▶ 짐작이나 추측을 나타내는 말.

📖 산은 피기 시작한 메밀꽃이 소금을 **뿌린 듯이** 보였다.

- 영희는 그 때 **뛸 듯이** 기뻐했다.
- 그 개는 죽**은 듯이** 꼼짝도 안 했다.
- 그 약을 먹고 감기가 씻**은 듯이** 나았어요.

-느라

▶ 목적이나 원인을 나타내는 말.

📖 동이는 허 생원을 붙드**느라** 고생을 하고 있었다.

- 철수는 어제 시험공부를 하**느라** 밤을 새웠다.
- 먼 길 오시**느라** 고생이 많았습니다.
- 스마트폰을 보**느라** 선생님이 들어오시는 것도 몰랐다.

　메밀꽃은 8월 말에서 9월 초에 피는 메밀의 꽃입니다. 이 꽃은 소금처럼 흰 것으로 유명합니다. 달이 밝게 뜬 밤에 흰 꽃이 가득 핀 메밀밭을 보면 얼마나 아름다울까요?

　이효석이 1936년 발표한 〈메밀꽃 필 무렵〉은 그런 풍경에서 펼쳐집니다. 작품의 배경은 강원도 봉평의 작은 마을입니다. *등장인물은 허 생원, 조 선달, 동이입니다.

　장돌뱅이 허 생원은 우연히 동이를 만나 함께 길을 떠납니다. 두 사람은 달빛 아래에 핀 메밀꽃 사이를 걸으면서 살아온 이야기를 합니다. 허 생원은 단 한 번의 만남이었지만 평생 잊지 못하는 사랑 이야기를 하면서 행복해합니다. 이 추억은 허 생원이 살아가는 힘입니다. 동이도 어머니의 이야기를 합니다. 동이의 이야기를 듣던 허 생원은 동이의 어머니가 자신이 사랑한 여자일 것이라고 추측합니다. 그리고 동이가 어쩌면 자신의 아들일지도 모른다고 생각합니다. 두 사람은 동이의 어머니가 있는 제천으로 함께 가기로 합니다. 이야기는 그렇게 마무리됩니다.

　〈메밀꽃 필 무렵〉은 '묘사'가 뛰어난 작품으로 손꼽힙니다. 그림을 그린 것처럼 표현하는 것을 '묘사'라고 합니다. 이 작품을 읽으면 여름의 산길, *은은하게 비치는 달빛, 활짝 핀 메밀꽃, 물이 흐르는 개울 등이 눈앞에 보이는 것 같습니다. 작가 이효석이 *섬세한 묘사가 뛰어난 작가로 알려진 이유입니다.

　이효석의 다른 작품 중 〈화분〉, 〈돈〉과 같은 작품도 읽어 볼 만합니다. 고향의 풍경에 주목한 〈메밀꽃 필 무렵〉과는 다른 이야기를 담고 있어서 작가의 다양한 작품 세계를 볼 수 있습니다.

*등장인물 : 소설, 영화, 연극에 나오는 인물.
*은은하다 : 뚜렷하게 드러나지 않고 진하지 않다.
*섬세하다 : 천천히 자세하게 신경 쓰다.

활동

▶ 동이는 허 생원과 함께 어머니가 있는 곳으로 함께 갑니다. 앞으로 두 사람은 어떤 삶을 살게 될지 추측해 봅시다. 아래의 문법을 사용해서 한 문장씩 이어서 써 보세요.

예 토모히로 ▶ 허 생원은 동이의 어머니를 만나게 될걸.

⬇

⬇

⬇

⬇

⬇

평창효석문화제에 가 볼까요?

매년 9월 강원도 평창군 봉평면 문화마을에서는 '평창효석문화제'가 열립니다. 봉평은 〈메밀꽃 필 무렵〉의 배경이면서, 이효석 작가가 살던 집이 있는 곳입니다. 그래서 1999년부터 매년 봉평에서 축제를 열고 있습니다. 축제 날짜는 매년 조금씩 다른데 효석문화제 홈페이지에서 미리 알아 볼 수 있습니다.

축제는 문학 프로그램(글쓰기 대회 등), 자연 프로그램(메밀꽃밭 걷기 등), 체험 프로그램(메밀 음식 만들기 등)의 세 가지로 진행됩니다. 축제 장소 주변에는 작가가 살던 집과 문학전시관이 있어서 찾아가 볼 수 있습니다,

출처 : 효석문화제(www.hyoseok.com)

운수 좋은 날

- 특별히 운수 좋은 날이 있었나요? 어떤 일이 있었나요?
- 특별히 운수가 나쁜 날도 있었나요? 어떤 일이 있었나요?

현진건

눈이 올 듯하다가 비만 **추적거리는** 날이었다. 이날은 *동소문 안에서 **인력거**를 끄는 김 *첨지에게 오랜만에 온 **운수** 좋은 날이었다. 일을 하고 싶어도 하지 못하는 날이 많은데 오늘은 아침부터 손님이 있었다.

"**재수**가 없어서 열흘 동안 일을 못했는데 이게 웬일이야?"

김 첨지는 큰 욕심이 없었다. *모주 한 잔을 사 마시고 아픈 아내가 먹고 싶어 하는 *설렁탕을 사 줄 돈이면 충분하다고 생각했다.

아내가 기침을 시작한 지 벌써 **보름**이 넘었는데 병원도 한번 가 보지 못했다. 아내의 병이 심해진 것은 *조밥을 먹고부터였다. 어렵게 번 돈으로 조를 사다 줬더니 아내가 볼이 터지<u>도록</u> 급하게 먹었기 때문이다.

"에이, 못 먹어 병, 먹어서 병! 어쩌란 말이야!"

저도 모르게 아내의 **뺨**을 때리고서는 김 첨지의 **눈시울**이 붉어졌다. 그랬던 아내가 사흘 전부터 설렁탕 국물을 마시고 싶다고 했다.

"조밥도 못 먹으면서 설렁탕은. 또 먹고 아프<u>게</u>?"

그는 아내에게 못되게 말을 하고 일을 하러 나왔다. 일을 하면서 계속 아내 생각이 났다. 집으로 돌아가는 길에 설렁탕을 사 가리라고 다짐하고 있을 때였다.

"인력거! 남대문 정거장까지 얼마요?"

손님의 말에 김 첨지는 잠깐 망설였다. 아내의 말이 생각났기 때문이다.

"오늘은 나가지 말아요. 내가 이렇게 아픈데……."

김 첨지의 귀에 아내의 목소리가 계속 들리는 것 같았다.

하지만 돈을 벌 생각에 김 첨지는 손님을 태우고 남대문으로 향했다. 남대문에 손님을 내려 주고도 바로 다음 손님을 태웠다. 인력거가 무거워지면 그의 몸은 이상하게도 가벼워졌고, 인력거가 가벼워지면 몸은 다시 무거워졌다. 마음이 초조해졌다. 집으로는 좀처럼 돌아가고 싶지

■ 추적거리다
to drizzle
じめじめする
淅淅沥沥

■ 인력거
rickshaw
人力車
人力车

■ 운수
luck
運
运气

■ 재수
luck
運
运气，财运

■ 보름
fifteen days
15日
十五天

■ 눈시울
the edge of an
eyelid
目頭
眼眶

않았다.

그는 집 대신 **선술집**으로 향했다. 마침 선술집에서 친구 치삼이 나왔다.

"김 첨지, 돈 많이 벌었을 테니 한잔하게."

선술집은 따뜻했다. 김 첨지는 계속 술을 마시려고 했다. 치삼이 말렸다.

"어, 이 사람 취했군, 그만 마시고 들어가게."

김 첨지는 울기 시작했다.

"**원수** 같은 돈! 우리 마누라가 죽었다네. 아니야. 안 죽었어, 안 죽었어."

그는 웃다가 울다가를 반복했다. 치삼이 말렸지만 끝내 **곱빼기** 한 잔씩을 더 먹고 나왔다.

궂은비는 여전히 추적추적 내렸다. 김 첨지는 설렁탕을 사서 집에 갔다. 방문을 열자마자 소리를 질렀다.

"남편이 들어오는데 나와 보지도 않아!"

방구석에 설렁탕을 내려놓고 아내를 쳐다보았다. 아내는 움직이지도 않고 숨도 쉬지 않았다.

"죽었어? 왜 말이 없어."

김 첨지는 계속 소리를 지르다가 제 얼굴을 아내의 얼굴에 비비며 중얼거렸다.

"설렁탕을 사 왔는데 왜 먹지를 못하니, 왜 먹지를 못하니…… **괴상하게도** 오늘은! 운수가, 좋더니만…….."

*동소문 : 지금의 서울 혜화문.
*첨지 : 나이 많은 남자를 낮추어 이르는 말.
*모주 : 막걸리 같은 술의 한 종류.
*설렁탕 : 소의 뼈와 고기를 넣고 끓인 국.
*조밥 : 좁쌀로 지은 밥.

1 〈운수 좋은 날〉을 읽고 내용이 같은 것을 고르십시오.

① 김 첨지는 치삼과 원수 사이이다.

② 김 첨지는 동소문 안에서 인력거를 끈다.

③ 김 첨지의 아내는 조밥이 먹고 싶다고 한다.

④ 김 첨지는 손님이 많은 것을 좋아하지 않는다.

2 밑줄 친 부분(눈시울이 붉어졌다)에 나타난 주인공의 심정으로 알맞은 것을 고르십시오.

① 뜨겁다　　　② 시원하다　　　③ 미안하다　　　④ 감동하다

3 다음 밑줄 친 부분과 의미가 비슷한 것을 고르십시오.

김 첨지는 그 사실을 알고 얼마나 슬펐는지 모른다.

① 별로 슬프지 않았다.　　　② 여간 슬프지 않았다.

③ 여간 기쁘지 않았다.　　　④ 별로 기쁘지 않았다.

4 괄호 안을 알맞게 채우십시오.

추적거리다   궂다   운수   곱빼기

① 하루 종일 겨울비가 (　　　).

② 짬뽕을 (　　　)로 시켜 먹었다.

③ 마음이 우울한데 날씨까지 (　　　).

④ 새해가 되면 올해의 (　　　)가 좋을지 나쁠지 궁금해진다.

5 김 첨지는 왜 집에 가기 싫어했습니까?

1

-도록

▶ 앞말의 정도, 결과를 나타내는 말.

📖 아내가 볼이 터지**도록** 급하게 먹었기 때문이다.

- 1년 동안 한국어 실력이 놀랍**도록** 늘었어요.
- 한국어를 잘할 수 있**도록** 열심히 공부해 보세요.
- 수업에 늦지 않**도록** 주의해 주세요.

2

-게[1]

▶ 모르는 것을 묻거나, 짐작한 것을 상대에게 확인하려고 물어볼 때 쓰는 말.

📖 또 먹고 아프**게**?

- 이걸 다 먹**게**?
- 벌써 집에 가**게**? 더 있다가 가자.
- 그 문제 답을 알면 내가 천재**게**?
- 이게 뭐**게**?

3

-게²

▶ 나이나 관계가 말하는 사람보다 낮거나 비슷한 상대에게 부드럽게 명령하는 말.

📖 돈 많이 벌었을 테니 한잔하**게**.

- 자네, 이것 좀 보**게**.
- 김 서방, 어서 들**게**.
- 김 군, 서 있지 말고 앉**게**.

4

-다가

▶ 동작이나 상태가 도중에 중단되고 다른 동작이나 상태로 바뀜을 나타내는 말.

📖 그는 웃**다가** 울**다가**를 반복했다.

김 첨지는 계속 소리를 지르**다가** 제 얼굴을 아내의 얼굴에 비비며 중얼거렸다.

- 집에 오**다가** 철수를 만났어요.
- 공부하**다가** 잠이 들어 버렸어요.
- 둘이 먹**다가** 하나가 죽어도 모를 맛이네요.

작품 설명

　　살다 보면 기대하지 않은 뜻밖의 행운이 있는 운수 좋은 날이 있습니다. 반대로 기대한 행운이 오지 않는 운수 나쁜 날이 있기도 합니다. 어느 가난한 남자에게 찾아온 운 좋은 하루의 이야기가 〈운수 좋은 날〉입니다.

　　김 첨지는 몹시 가난한 인력거꾼입니다. 인력거는 사람이 끄는 수레입니다. 자동차가 많지 않은 1920년대의 서울에서 중요한 교통수단이었습니다. 이 인력거를 끄는 인력거꾼들은 하루 종일 일을 해도 돈을 벌기가 쉽지 않았습니다. 그래서 항상 가난할 수밖에 없었습니다.

　　눈이 올 듯 말 듯 한 어느 겨울, 김 첨지에게 행운의 날이 왔습니다. 열심히 일을 하고 많은 돈을 번 것입니다. 술집에서 술도 마시고, 아내가 먹고 싶어 하던 설렁탕을 살 수 있을 정도였습니다. 열심히 일을 하고 그 대가를 받는 것은 아주 당연한 일이지요. 그런 당연한 일을 행운이라고 생각할 만큼 김 첨지는 힘들게 살고 있었습니다.

　　그런데 김 첨지의 운수 좋은 날은 결코 운수 좋은 날이 아니었습니다. 하루 종일 돈을 많이 벌어 기뻤던 그 날은, 아내가 죽은 날이었습니다. 운수 좋다고 믿었던 날이 사실은 운수가 나쁜 날이었던 것입니다. 계속된 행운의 끝에 큰 *불운이 오면서 소설의 제목과는 전혀 다르게 끝이 납니다.

　　이 작품은 가난하고 힘든 시대를 사는 사람들의 비극적인 일상과 *아이러니에 주목해서 읽으면 더 깊이 있게 이해할 수 있습니다. 작가 현진건의 다른 작품 〈빈처〉, 〈b사감과 러브레터〉도 같이 읽어 볼 만합니다.

*불운 : 운수가 좋지 않음.
*아이러니 : 예상 밖의 결과로 앞뒤가 맞지 않음.

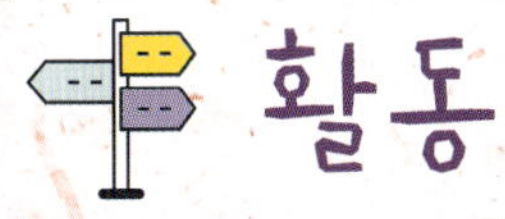

활동

▶ 김 첨지가 좌절하지 않도록 아래의 문법을 사용해서 그를 위로하는 말을 해 보세요.

문법   -도록

예 이용기 ▶ 아내가 하늘에서 슬퍼하지 않도록 힘을 내세요.

	▶
	▶
	▶
	▶
	▶
	▶
	▶
	▶

인천 한국근대문학관을 알고 있어요?

인천은 2015년에 유네스코가 지정한 '세계 책의 수도'예요.

인천에 가면 한국근대문학관이라는 대한민국 최초의 공공 종합 문학관이 있어요. 이곳은 1890년 대부터 1940년대 후반까지의 근대 문학을 한눈에 살펴볼 수 있는 문학관으로, 한용운, 김소월, 현진건 등의 작품을 모두 볼 수 있어요.

전시장에는 시대별로 문학 작품과 작가가 전시되어 있어서 주요 작가와 작품에 대해 이해하고 시대에 따른 문학의 변화를 느낄 수 있어요. 체험공간에서는 작품에 등장하는 장소를 슬라이드로 감상하거나 작가의 모습이 캐리커쳐로 새겨진 스탬프를 찍어 볼 수도 있어서 문학을 쉽고 재미있게 체험해 볼 수 있어요. 전시장 내에 있는 영화관에서는 시기에 따라 근대 문학에 관한 다양한 영화도 상영해요.

출처 : 한국근대문학관(lit.ifac.or.kr)

현대 시

현대 시 이해를 위해서

한국 최초의 현대 시는 최남선의 〈해에게서 소년에게〉입니다. 이 시는 1908년 발표되었습니다. 이후 서양의 양식을 따라서 시를 쓰는 단계를 지나 한국적인 시로 자리잡게 되었습니다.

현대 시는 형식에 따라 *정형시, 자유시, *산문시 등으로 나뉩니다. 이 중 가장 많이 나타나는 형식은 자유시입니다. 정해진 틀에 맞추지 않고 시인의 생각에 따라 자유롭게 쓴 시를 말합니다.

현대 시의 주제는 다양합니다. 고향을 그리워하는 마음, 나라를 잃은 슬픔 등 여러 주제를 담고 있습니다. 그래서 비슷한 주제로 시를 쓰는 작가들의 모임이 만들어지고, 이 모임을 중심으로 현대 시는 크게 발전했습니다. 대표적인 시인은 윤동주, 김소월, 한용운, 서정주, 유치환, 김춘수 등입니다.

시를 잘 이해하기 위해서는 시를 섬세하게 감상하는 것이 좋습니다. 그러면 *시어의 숨은 의미를 찾아내는 재미가 있습니다. 이때 시인의 작품 세계와 그가 살았던 시대를 함께 살펴보면 더 깊이 있게 시를 이해할 수 있습니다.

*정형시 : 일정한 형식과 규칙에 맞추어 쓴 시.
*산문시 : 산문 형식으로 자유로운 문장으로 쓴 시.
*시어 : 시에 쓰인 말.

05

진달래꽃

- 누군가와 헤어져 본 적이 있나요?
- 이별을 되돌리기 위한 방법을 생각해 본 적 있나요?

진달래꽃

김소월

나 보기가 **역겨워**
가실 때에는
말없이 **고이** 보내 드리오리다.

*영변에 *약산
진달래꽃
아름 따다 가실 길에 뿌리오리다.

가시는 걸음걸음
놓인 그 꽃을
사뿐히 즈려밟고 가시옵소서.

나 보기가 역겨워
가실 때에는
죽어도 아니 눈물 흘리오리다.

*영변 : 평안북도 영변군에 있는 지역.
*약산 : 평안북도 영변 서쪽에 있는 산.

작품 설명

한국의 봄은 색색의 꽃으로 아름답습니다. 봄꽃이라고 하면 가장 먼저 떠오르는 꽃으로 개나리, 진달래, 벚꽃, 민들레 등이 있습니다. 대표적인 봄꽃인 진달래는 땅이 좋지 않은 곳에서도 잘 자라고 고운 연분홍색 꽃을 피웁니다. 그래서 한국인들은 어려움 속에서도 아름답게 꽃을 피우는 진달래꽃을 특별하게 생각합니다.

진달래꽃에 대한 한국인의 애정은 시와 노래로 이어지고 있습니다. 김소월이 1925년 발표한 시 〈진달래꽃〉이 그 대표적인 작품입니다. 이 시는 많은 한국인이 좋아하는 시이고, 문학적으로도 매우 수준 높은 시로 꼽힙니다.

이 시는 누구나 한번쯤은 느껴 본 감정, 사랑과 이별의 감정을 담고 있습니다. 사랑의 감정은 다양하고 복잡하며, 이별의 슬픔 또한 그렇습니다. 그리우면서도 원망스럽고, 미련이 남기도 하고, *냉정해지기도 합니다.

〈진달래꽃〉에서 나타나는 이별 역시 마찬가지입니다. 이별은 슬프면서도 아름답습니다. 이별을 당한 *화자의 미련, *원망, *그리움 등 다양한 감정이 드러납니다. 나를 버린 사람을 미워하면서도 그 사람의 행복을 바랍니다. 바로 거기에서 슬픔을 혼자 참을 때 생기는 감정인 '한(恨)'이 생겨납니다. 김소월의 작품은 '한'을 잘 표현했다고 평가받습니다.

김소월의 다른 시인 〈초혼〉, 〈엄마야 누나야〉 등을 찾아 읽어 보면 김소월의 문학 세계를 더 이해할 수 있을 것입니다.

*냉정 : 생각이나 행동이 감정 때문에 흔들리지 않고 침착한 것.
*화자 : 말하는 사람. 작품의 주인공.
*원망 : 남을 탓하거나 미워하는 것.
*그리움 : 몹시 보고 싶어 하는 마음.

1 다음 글의 내용과 같은 것을 고르십시오.

제1회 김소월 시 〈진달래꽃〉 연구 발표회

- 때 : 3월 24일(토) 오전 10시 ~ 오후 4시
- 장소 : 제주국제컨벤션센터 회의실
- 주제 발표
  - 〈진달래꽃〉의 의미
  - 〈진달래꽃〉에 나타난 이별과 여성의 한

※ 연구 발표회와 함께 김소월의 다른 시 읽기, 글쓰기 대회, 전시회 등 다양한 행사가 동시에 진행됩니다.

① 이 행사는 작년에 이어 두 번째로 열린다.

② 이 행사는 진달래꽃이 활짝 피는 가을에 열린다.

③ 이 행사에서는 다른 활동 없이 연구 발표만 들을 수 있다.

④ 이 행사에서는 〈진달래꽃〉에 나타난 여성의 한에 대한 발표를 들을 수 있다.

2 다음은 신문기사의 제목입니다. 가장 잘 설명한 것을 고르십시오.

김소월의 '진달래꽃', 베스트셀러에 진입

① 〈진달래꽃〉은 최근에 책으로 만들어졌다.

② 〈진달래꽃〉을 많이 팔기 위한 대책이 필요하다.

③ 〈진달래꽃〉에 대한 독자의 관심이 커지고 있다.

④ 〈진달래꽃〉은 모든 시집 중에서 가장 인기가 있다.

3 밑줄 친 부분(죽어도 아니 눈물 흘리오리다)에 나타난 '나'의 심정에 어울리는 말을 고르십시오.

① 눈물이 앞서다　　② 눈물을 짜다　　③ 눈물을 머금다　　④ 눈물이 헤프다

4 괄호 안을 알맞게 채우십시오.

역겹다　　　　고이　　　　아름　　　　사뿐히

① 꽃을 한 (　　　　) 선물했다.

② 하얗게 내린 첫눈을 (　　　　) 밟았다.

③ 편지를 (　　　　) 접어 봉투에 넣었다.

④ 썩은 음식을 쳐다보기만 해도 (　　　　).

5 사귀던 사람이 어느날 내가 싫다고 헤어지자고 합니다. 그 사람을 붙잡는 것이 좋을까요? 보내는 것이 좋을까요?

1 -기

▶ 앞말을 명사처럼 만드는 말. 특히 '역겹다, 쉽다, 어렵다, 무섭다, 좋다, 싫다, 힘들다'의 앞에 쓴다.

나 보**기**가 역겨워 가실 때에는 말없이 고이 보내 드리오리다.

- 유리 접시는 깨지**기** 쉬워요.
- 비가 오니까 나가**기** 싫어요.
- 요즘 물건 값이 비싸서 시장에 가**기** 무섭다.

2 -아/어다

▶ 앞의 행동을 하고 난 후 그 결과물을 가지고 뒤의 행동을 이어서 할 때 쓰는 말. '-아/어다가'가 줄어든 말.

아름 **따다** 가실 길에 뿌리오리다.

- 얼른 신문 좀 집**어다** 주세요.
- 물은 각자 가**져다** 마셔요.
- 나물을 캐**어다** 이웃들과 나눠 먹었다.

-아/어도

▶ 아직 일어나지 않은 일을 가정하거나, 앞의 내용과 뒤의 내용이 서로 반대임을 나타낼 때 쓰는 말.

📖 죽**어도** 아니 눈물 흘리오리다.

- 아무리 많이 먹**어도** 살이 찌지 않으면 좋겠어요.
- 저 사람은 키는 작**아도** 힘은 세다.
- 돈은 없**어도** 마음은 부자입니다.

▶ 어떤 작품을 흉내 내어 재미있게 표현하는 것을 '패러디'라고 합니다. 자유롭게 빈칸을 채워서 〈진달래꽃〉을 패러디한 나만의 시를 써 보세요.

제목 : ________________

나 ________ 기가 ________
가실 때에는
말없이 고이 보내 드리오리다.

________ 에 ________
________ 꽃
아름 따다 가실 길에 뿌리오리다.

가시는 걸음걸음
놓인 그 꽃을
사뿐히 즈려밟고 가시옵소서.

나 ________ 기가 ________
가실 때에는
________ 도 아니 눈물 흘리오리다.

서시

- 옳지 않은 일에 *저항해 본 적이 있나요?
- 만약 저항을 한다면 펜과 총 중 어떤 것을 사용할 것 같나요?

*저항 : 어떤 힘이나 조건에 굽히지 않고 반대하는 것.

작품 읽기

서시

윤동주

죽는 날까지 하늘을 **우러러**
한 **점** 부끄럼이 없기를.
잎새에 **이는** 바람에도
나는 괴로워했다.
별을 노래하는 마음으로
모든 **죽어 가는** 것을 사랑해야지.
그리고 나한테 주어진 길을 걸어가야겠다.

오늘 밤에도 별이 바람에 **스치운다.**

작품 설명

　　구름 한 점 없는 푸른 하늘을 볼 때면 무엇을 떠올리나요? 많은 한국인이 하늘을 바라보며 떠올릴 만한 시가 바로 윤동주가 1941년에 쓴 〈서시〉입니다. 〈서시〉에서 말한 부끄러움 없는 삶을 사는 것은 무척 어려운 일입니다. 심지어 '한 점'도 부끄러울 것 없는 삶을 살기는 더욱 어렵겠지요. 윤동주는 왜 부끄러움이 없는 삶을 살기를 바라는 시를 지었을까요?

　　윤동주의 시를 이해하기 위해서는 그가 어떤 삶을 살았는지를 아는 것이 중요합니다. 윤동주가 태어났을 때 한국은 일본의 *식민지였습니다. 많은 한국인들은 일본을 피해 *만주 북간도로 옮겨 갔습니다. 윤동주는 1917년 북간도에서 태어났습니다. 이후 서울과 일본에서 공부를 하다가 *항일운동을 이유로 일본 후쿠오카 감옥에 갇혔습니다. 감옥에 갇힌 뒤 2년도 되지 않아서 건강이 몹시 나빠져 1945년 감옥에서 생을 마쳤습니다.

　　28세의 이른 나이에 세상을 떠났지만, 15세부터 시를 써 여러 작품을 남겼습니다. 청소년기에는 평화를 노래하는 시, 성인이 된 후에는 나라의 아픔과 삶을 고민한 시를 많이 썼습니다. 〈서시〉는 윤동주가 성인이 된 후 쓴 시로, 나라를 잃은 슬픈 시대에 시를 쓰는 사람으로 할 일은 무엇인지, 어떤 삶을 살아야 하는지 깊이 고민한 시입니다. 〈자화상〉, 〈별 헤는 밤〉, 〈쉽게 쓰여진 시〉 등도 대표적인 작품입니다.

　　윤동주는 자신이 쓴 시들을 시집으로 발간하려고 했지만 그 뜻을 이루지 못하고 세상을 떠났습니다. 이후 한국이 일본으로부터 *독립한 뒤에 그의 친구와 가족이 시집을 발간했습니다.

　　윤동주의 인생과 그 시대의 상황을 이해하고 시를 읽어 보면 그가 어떤 마음으로 시를 썼는지 더 잘 느낄 수 있겠지요.

*식민지 : 정치적 · 경제적으로 다른 나라의 지배를 받고 국가의 권리를 잃은 나라(colony/植民地/殖民地).
*만주 북간도 : 지금의 중국 랴오닝성 주변.
*항일운동 : 한국의 독립을 주장하는 활동.
*독립 : 다른 것의 지배를 받거나 의존하지 않는 상태가 됨.

1 다음 도표의 내용과 같은 것을 고르십시오.

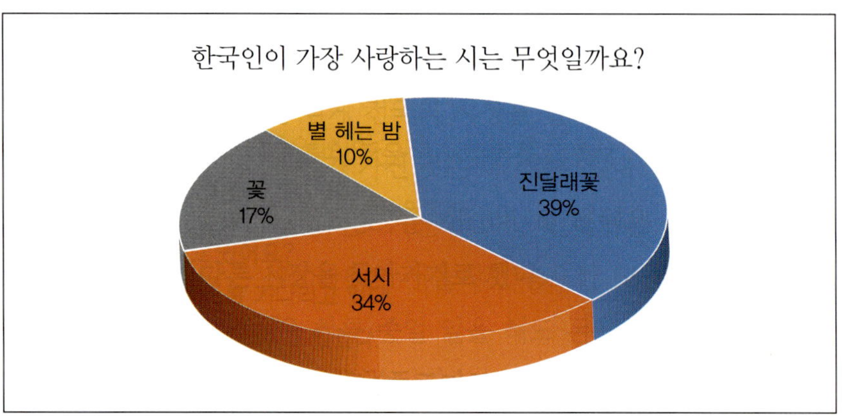

① 〈별 헤는 밤〉을 좋아하는 사람이 가장 많다.

② 〈서시〉보다 〈꽃〉을 좋아하는 사람이 더 많다.

③ 〈서시〉를 좋아하는 사람이 전체의 반이 넘는다.

④ 〈진달래꽃〉보다 〈서시〉를 좋아하는 사람이 더 적다.

2 다음은 신문기사의 제목입니다. 가장 잘 설명한 것을 고르십시오.

윤동주, 탄생 100주년 행사 풍성해

① 윤동주의 사망 100주년을 기념하는 행사가 열렸다.

② 윤동주를 기억하기 위한 행사의 수준을 높여야 한다.

③ 윤동주의 시 읽기, 윤동주에 대한 책 발간회 같은 행사들이 열렸다.

④ 윤동주의 정신을 이어받은 행사를 다양하게 열도록 대책을 마련해야 한다.

3 밑줄 친 부분(한 점 부끄럼이 없기를)에 나타난 '나'의 심정에 어울리는 말을 고르십시오.

① 가슴을 치다   ② 가슴에 새기다

③ 가슴을 뒤흔들다   ④ 가슴에 손을 얹다

4 괄호 안을 알맞게 채우십시오.

점   잎새   죽어 가다   스치다

① 꽃에 물을 주지 않아서 (   ).

② 하늘에는 구름 한 (   ) 없다.

③ 철수가 내 옆을 (   ) 지나갔다.

④ 나뭇가지에 매달린 마지막 (   )

5 '하늘을 우러러 한 점 부끄러움이 없는' 삶을 산다는 것은 어떤 뜻일지 이야기해 봅시다.

1 -기를

▶ '-기를 기원하다, 바라다'가 줄어든 말.

한 점 부끄럼이 없**기를**.

- 늘 건강하시**기를**.
- 꼭 꿈을 이루시**기를**.
- 병이 빨리 나으시**기를**.

2 -아/어야지

▶ 말하는 사람의 의지를 나타내는 말. 혼잣말 투로 쓴다.

모든 죽어 가는 것을 사랑**해야지**.

- 이 과자는 나츠오에게 주**어야지**.
- 내일은 아침 일찍 수영장에 가**야지**.
- 앞으로 주위의 사람들을 아낌없이 사랑**해야지**.

3

한테

▶ 사람이나 동물을 나타내는 말 뒤에 쓰고 '에게'와 같은 뜻의 말. 글을 쓸 때보다 말할 때 더 많이 쓴다.

📖 나**한테** 주어진 길을 걸어가야겠다.

- 너**한테** 볼펜 있니?
- 이건 동생**한테** 받은 선물이야.
- 아들이 친구**한테** 맞고 와서 마음이 아팠다.

참고 글을 쓸 때는 '에게'를 더 많이 쓴다.
- 철수**에게** 돈이 많다.
- 개**에게** 먹이를 준다.
- 우리 아들이 친구들**에게** 인기가 많다.

-아/어야겠다

▶ 말하는 사람의 의지를 나타내는 말.

📖 나한테 주어진 길을 걸어가**야겠다**.

- 이 과자는 제임스에게 주**어야겠다**.
- 야채를 좀 더 많이 먹**어야겠다**.
- 모든 죽어 가는 것을 사랑**해야겠다**.

▶ 아래의 문법을 사용해서 글과 그림으로 〈서시〉의 주제를 표현하는 포스터를 만들어 봅시다.

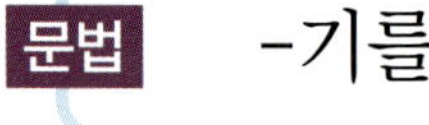

님의 침묵

- *침묵하는 사람을 만나 본 적 있나요?
- 여러분은 침묵을 해 본 적이 있습니까? 있다면 왜 그랬나요?

*침묵 : 아무 말도 없이 조용히 있음.

님의 침묵

한용운

*님은 갔습니다. 아아, 사랑하는 나의 님은 갔습니다.

푸른 **산빛**을 깨치고 단풍나무 숲을 향하여 난 작은 길을 걸어서, 차마 **떨치고** 갔습니다.

황금의 꽃같이 굳고 빛나던 옛 **맹서**는 차디찬 **티끌**이 되어서 한숨의 **미풍**에 날아갔습니다.

날카로운 첫 키스의 추억은 나의 운명의 **지침**을 돌려놓고, 뒷걸음쳐서 사라졌습니다.

나는 향기로운 님의 말소리에 귀먹고, 꽃다운 님의 얼굴에 눈멀었습니다.

사랑도 사람의 일이라, 만날 때에 미리 떠날 것을 염려하고 경계하지 아니한 것은 아니지만, 이별은 뜻밖에 일이 되고, 놀란 가슴은 새로운 슬픔에 터집니다.

그러나 이별을 쓸데없는 눈물의 **원천**을 만들고 마는 것은 스스로 사랑을 깨치는 것인 줄 아는 까닭에, **걷잡을** 수 없는 슬픔의 힘을 옮겨서 새 희망의 **정수박이**에 들어부었습니다.

우리는 만날 때에 떠날 것을 염려하는 것과 같이, 떠날 때에 다시 만날 것을 믿습니다.

아아, 님은 갔지마는 나는 님을 보내지 아니하였습니다.

제 **곡조**를 못 이기는 사랑의 노래는 님의 침묵을 **휩싸고** 돕니다.

*님 : 사랑하는 사람을 뜻하는 '임'의 옛말.

■ 산빛
color of mt./山の色/山色

■ 떨치다
shake/振り切る/甩

■ 황금
gold/黃金/黄金

■ 맹서
vow, pledge/誓い/盟誓

■ 티끌
mote/ちり/浮尘

■ 미풍
breeze/微風/微风

■ 지침
hour hand/指針/指针

■ 원천
source/原泉/源泉

■ 걷잡다
to control/取り掴む/挽回

■ 정수박이
the top of the head/脳天/头顶

■ 곡조
tune/曲調/曲调

■ 휩싸다
engulf/包む/笼罩

작품 설명

　'침묵은 금'이라는 말이 있습니다. 말을 할 때 깊이 생각해서 조심스럽게 하는 것이 좋다는 뜻입니다. 하지만 사랑하는 사람의 침묵은 고통스러운 일입니다. 침묵이 이별과 가깝기 때문입니다.

　1926년 발표된 〈님의 침묵〉은 떠난 '님'에 대한 마음을 담은 시입니다. 이 시는 "님은 갔습니다. 아아, 사랑하는 나의 님은 갔습니다."로 시작합니다. 이 짧은 문장만으로도 님에 대한 마음을 짐작할 수 있습니다.

　〈님의 침묵〉은 *산문체로 쓰인 시입니다. 이별하는 사람의 마음을 전달하는 데는 문장으로 풀어 쓴 시가 좋겠다고 생각한 것이 아닐까요? 높임말을 썼기 때문에 진심을 다해 마음을 표현하는 것이 더 잘 느껴지기도 합니다. 이 시의 화자가 나에게 자신의 마음을 이야기해 주는 것 같습니다. 이것이 〈님의 침묵〉이 한국을 대표하는 *연애시로 꼽히는 이유입니다.

　그런데 이 시를 연애시로만 볼 수는 없습니다. 시에서 말하는 '님'은 '나라'로 볼 수도 있습니다. 식민지 시대를 사는 한국인의 마음을 표현한 것으로 볼 수 있는 것입니다. 즉 일본의 식민지가 된 나라를 다시 찾을 수 있다는 희망의 노래로 보는 것입니다. 한편 '님'을 '*부처'라고 볼 수도 있습니다. 한용운은 *스님이면서 독립운동을 했기 때문에 '님'의 의미에 대해 여러 해석이 가능합니다. 이 시를 어떻게 이해하는가는 읽는 사람의 몫입니다.

*산문체 : 글자 수나 길이 등에 정해진 틀 없이 자유롭게 쓰는 문장 형식
*연애시 : 그리워하고 사랑하는 내용을 주제로 한 시
*부처 : 불교를 만든 사람.
*스님 : 절에 살면서 부처의 가르침을 공부하는 사람인 중을 높여 이르는 말.

1 다음 글의 내용과 같은 것을 고르십시오.

제3회 〈님의 침묵〉 마라톤 대회

스님 한용운의 발자취가 남아 있는 백담사에서 마라톤 대회를 개최합니다. 사랑과 이별로 고통스러워하는 현대인이 자신을 돌아볼 수 있는 소중한 시간이 될 것입니다. 많은 참여 바랍니다.

1. 대회 일시 : 9월 2일(토) 오전 9시 ~ 오후 6시
2. 접수 기간 : 8월 1일 ~ 9월 1일
3. 접수 방법 : 백담사 사무실 및 홈페이지에서 신청
4. 시상 내역 : 1등 100만 원, 2등 80만 원, 3등 50만 원
   (모든 수상자에게는 〈한용운 시집〉을 드립니다.)

① 마라톤 대회는 백담사에서 개최한다.

② 마라톤 대회 수상자에게는 상금만 준다.

③ 마라톤 대회는 인터넷으로만 신청할 수 있다.

④ 마라톤 대회에 참가하면 이별의 고통에서 벗어나게 된다.

2 밑줄 친 부분(이별은 뜻밖에 일이 되고)에 나타난 '나'의 심정에 어울리는 말을 고르십시오.

① 하늘에 맡기다.　　　　　　② 하늘처럼 믿다.

③ 하늘같이 높다.　　　　　　④ 마른하늘에 날벼락이다.

3 다음은 신문기사의 제목입니다. 가장 잘 설명한 것을 고르십시오.

저항 정신의 위기, '한용운'의 정신을 이어 나갈 대책 필요해

① 저항의 정신은 잘 이어지고 있다.

② 저항 정신을 이을 대책을 서둘러 마련해야 한다.

③ 저항 정신을 이어 나가려는 대책은 이미 많이 나왔다.

④ 저항 정신의 위기로 인해 사람들이 큰 불안감을 느끼고 있다.

4 괄호 안을 알맞게 채우십시오.

걷잡다   티끌   휩싸다   황금

① (   ) 모아 태산

② (   ) 수 없이 눈물이 흘렀다.

③ 값비싼 (   ) 반지를 잃어버렸다.

④ 라디오에서 흘러나오는 음악이 두 사람을 (   ) 돌았다.

5 갑작스러운 이별을 맞이한 시의 화자는 어떤 마음일지 이야기해 봅시다.

____

____

1 ㅂ 불규칙

▶ 어떤 동사나 형용사의 'ㅂ 받침'이 모음 앞에서 'ㅜ/ㅗ'로 바뀌는 것.

📖 **날카로운** 첫 키스의 추억은

　꽃다운 나이
　나 보기가 **역겨워** 가실 때에는

2 (이)라

▶ 이유나 근거를 나타내는 말.
'-아/어서'와 같은 뜻의 말. '-이다, 아니다' 뒤에서는 '(이)라, 아니라'로 쓴다.

📖 사랑도 사람의 일**이라**

　헌 것**이라** 더 좋습니다.
　새 차**라** 더 좋네요.
　소문이 사실이 아니**라** 다행이다.

-지 아니하다

▶ 앞의 말을 부정하는 말.
'-지 않다'와 같은 뜻의 말. 옛날에 쓰던 말이고, 요즘은 글을 쓸 때에 주로 쓴다.

📖 님은 갔지마는 나는 님을 보내**지 아니하였습니다**.

- 덕기는 아무 말은 하**지 아니하였으나** 불만이 있는 것 같았다.
- 그는 아무 말도 하**지 아니하고** 따라 나섰다.
- 그는 입사한 지 얼마 되**지 아니하여** 사표를 내었다.

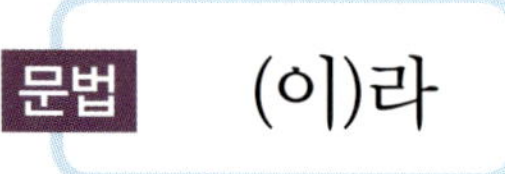

활동

▶ 인터넷(포털 사이트, 페이스북, 트위터 등)에 〈님의 침묵〉이 어떻게 사용되는지 찾아 아래의 문법을 사용하여 발표해 보세요.

문법   (이)라

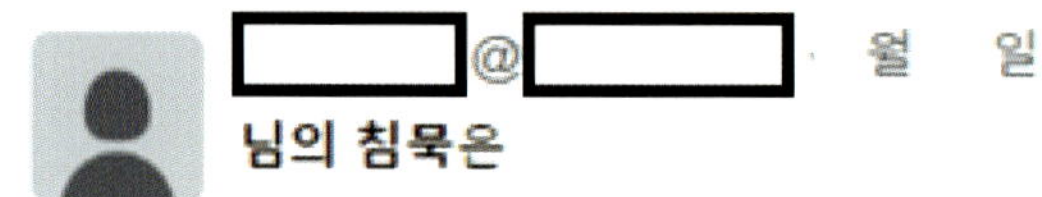

꽃

- 위 사진의 꽃 이름은 무엇일까요?
- 다른 사람이 나의 이름을 불러 주었을 때 어떤 느낌이었나요?

꽃

김춘수

내가 그의 이름을 불러 주기 전에는
그는 다만
하나의 **몸짓**에 지나지 않았다.

내가 그의 이름을 불러 주었을 때
그는 나에게로 와서
꽃이 되었다.

내가 그의 이름을 불러 준 것처럼
나의 이 **빛깔**과 향기에 **알맞은**
누가 나의 이름을 불러다오.
그에게로 가서 나도
그의 꽃이 되고 싶다.

우리들은 모두
무엇이 되고 싶다.
너는 나에게 나는 너에게
잊혀지지 않는 하나의 **눈짓**이 되고 싶다.

- 몸짓
gesture, motion
見振り
身姿, 身体动作

- 빛깔
color
色彩
颜色, 色彩

- 알맞다
to be right
ぴったり
合适,正好,适当

- 잊혀지다
표준어 잊히다
to be forgotten
忘れてる
被遗忘

- 눈짓
glance
目顔
眼神，眼色

작품 설명

　이름이 있다는 것은 얼마나 좋은지요. 만약에 이름이 없다면 참 슬플 것입니다. 그런데 더 슬픈 일은 이름이 있어도 불러 줄 사람이 없는 것 아닐까요? 내 이름을 불러 주고 나를 기억해 주는 것의 중요성에 대해 생각하게 하는 시가 있습니다.

　바로 김춘수의 〈꽃〉입니다. 이 시에는 어려운 시어나 복잡한 문장이 없습니다. 누구든 금방 쉽게 읽을 수 있는 시입니다. 그런데 〈꽃〉이 담고 있는 이야기는 결코 가볍지 않습니다.

　이 시가 발표된 1952년의 한국은 전쟁의 상처가 컸습니다. 1950년 6월 25일 시작된 3년 동안의 전쟁으로 많은 사람이 죽었습니다. 같은 민족끼리 한 전쟁이었기 때문에 더욱 비극적이었습니다.

　이 같은 상황에서 시인 김춘수는 사람이 사람답게 사는 것이 무엇인가를 고민했습니다. 그 고민의 결과가 〈꽃〉이었습니다. 답은 멀리 있거나 어렵지 않았습니다. 누구나 다 알고 있는 간단한 것이었습니다. 바로 이름을 부르는 일입니다. 누군가와 사랑을 나누는 일은 이름을 부르는 단순한 일에서부터 시작한다는 것입니다. 이름을 부르는 일은 사람들 사이의 *소통을 의미합니다. 이것이 〈꽃〉에 담긴 의미입니다.

　이처럼 시어에 숨겨진 의미를 찾아보는 것도 시를 깊이 있게 이해하는 방법입니다.

*소통 : 막히지 않고 잘 통함. 뜻이 서로 통하고 오해가 없음.

1 다음 글의 내용과 같은 것을 고르십시오.

김춘수의 〈꽃〉은 1952년 발표된 후부터 지금까지 끊임없이 사랑받고 있다. 한국의 시인들이 가장 좋아하는 시로도 선정되었다. 많은 시인들이 〈꽃〉을 패러디할 만큼 이 시를 아낀다. 그뿐만 아니라 일반인들에게도 큰 사랑을 받고 있다. 〈꽃〉이 인기 있는 이유는 쉬운 언어와 누구나 공감할 수 있는 내용 때문이다. 다시 말해, 살면서 누구나 겪어 보았을 감정을 쉬운 말로 잘 표현해 낸 것이 인기 요인이라고 할 수 있다.

① 〈꽃〉은 발표된 직후에만 인기를 끌었다.

② 〈꽃〉은 시인들에게서만 사랑받는 시이다.

③ 〈꽃〉은 20대의 젊은 여자들에게 특히 인기가 있는 시이다.

④ 다양한 방식으로 〈꽃〉을 흉내 낸 작품이 만들어지기도 한다.

2 다음은 신문기사의 제목입니다. 가장 잘 설명한 것을 고르십시오.

김춘수의 〈꽃〉, 지하철 스크린도어에서 만난다

① 시민은 지하철역에서 시를 감상할 수 있게 된다.

② 시는 지하철에서 읽을 때에만 큰 감동을 느낄 수 있다.

③ 지하철에 전시된 시는 유명 작가의 시로만 제한되어야 한다.

④ 지하철의 위험성을 생각하면 가능한 한 쉬운 시를 전시해야 한다.

3 밑줄 친 부분(누가 나의 이름을 불러다오)에 나타난 '나'의 심정에 어울리는 말을 고르십시오.

① 나는 이름이 없다.　　　　② 나도 이름이 있다.

③ 너의 이름도 성도 모른다.　　　　④ 너의 이름을 걸다.

4 괄호 안을 알맞게 채우십시오.

눈짓　　　몸짓　　　빛깔　　　알맞다

① 일곱 (　　　　) 무지개

② 다음 빈칸에 (　　　　) 말을 넣으세요.

③ '(　　　　) 언어'를 '보디랭귀지'라고 한다.

④ 두 사람은 가만히 (　　　　)을 주고받았다.

5 이름을 부르는 것은 어떤 의미가 있습니까? 이름을 부르지 않는 것과 어떤 차이가 있습니까?

____

____

____

____

문법

1 -았/었을 때

▶ 과거에 일어난 일을 나타내는 말. 현재를 나타내는 것은 '-(으)ㄹ 때'로 쓴다.

📖 내가 그의 이름을 불러 주**었을 때**

- 술은 어른이 되**었을 때** 마실 수 있다.
- 내가 학생**이었을 때** 새벽 2시에 잤어.
- 한국에서는 사진을 찍**을 때** 김치라고 말한다.

2 -아/어 다오

▶ 말하는 사람이 듣는 사람에게 무엇을 해 달라고 부탁하는 말.

📖 누가 나의 이름을 불**러 다오**.

- 제발 살아서 돌아오기만 **해 다오**.
- 지금처럼만 **해 다오**.
- 결혼해서 행복하게만 살**아 다오**.

3

에게로

▶ 사람이나 동물을 나타내는 말 뒤에 쓰고 방향을 나타내는 말. '-을/를 향하여'와 같은 뜻으로 쓴다.

그에게로 가서 나도

- 로또의 행운은 누구**에게로** 갈 것인지 궁금하다.
- 책임은 그 두 사람**에게로** 돌아갔다.

____

____

____

4

-고 싶다

▶ 앞말의 행동을 하고 싶은 마음이 있음을 나타내는 말.

그의 꽃이 되**고 싶다**.

- 고향에 가**고 싶다**.
- 어렸을 때는 선생님이 되**고 싶었다**.
- 김혜수가 나오는 영화를 보**고 싶다**.

____

____

____

▶ 어떤 상황에서 누구를 떠올리는지, 그 사람과 무엇을 하고 싶은지 아래의 문법을 사용
해서 써 보세요.

문법 -고 싶다

예 맛있는 음식을 먹을 때 친구와 같이 먹고 싶습니다.

______________을 때 __________(와/에게)__________고 싶습니다.

______________을 때 __________(와/에게)__________고 싶습니다.

______________을 때 __________(와/에게)__________고 싶습니다.

예 좋은 성적을 받았을 때 선생님에게 감사하다고 전화드리고 싶었습니다.

______________었을 때 __________(와/에게)__________고 싶었습니다.

______________었을 때 __________(와/에게)__________고 싶었습니다.

______________었을 때 __________(와/에게)__________고 싶었습니다.

고전 소설

고전 소설 이해를 위해서

　100년 전 한국은 조선이라고 불렸습니다. 조선과 한국의 가장 큰 차이는 *신분 제도였습니다. 조선의 신분은 *양반, *중인, *상민, *천민으로 나뉘었습니다.

　신분은 태어날 때 부모에게서 받는 것이었습니다. 신분이 높은 부모에게서 태어나면 양반, 신분이 낮은 부모에게서 태어나면 천민으로 살아야 했습니다. 이때 어머니의 신분이 중요했습니다. 아버지의 신분이 높아도 자식은 어머니의 신분을 따라야 했습니다. 한 사람의 능력이나 노력은 소용이 없었습니다. 신분이 낮으면 *나랏일을 맡아 하는 *관리가 되어 *벼슬을 하기 어려웠습니다. 신분 때문에 힘든 일을 겪는 사람이 많았습니다.

　조선 시대의 *백성들은 다양한 방법으로 삶의 재미를 찾으며 살았습니다. 그중 하나가 자신들이 꿈꾸는 세상을 상상하는 것이었습니다. 사랑, 효도, 영웅, 가족 등 다양한 주제의 이야기 속에서 착한 사람은 반드시 행복하게 됩니다. 나쁜 사람은 반드시 벌을 받습니다. 이런 이야기를 통해 어떤 삶을 살아야 하는지를 생각한 것입니다.

*신분 : 사람이 사회에서 가지는 지위, 위치, 자리.
*신분 제도 : 옛날에 사람을 신분의 높고 낮음에 따라 나누던 제도.
*양반 : 조선 시대에 신분이 낮은 사람들을 이끌고 지배하던 높은 신분. 주로 나랏일을 맡거나 공부를 함.
*중인 : 조선 시대에 양반보다 낮고 상민보다 높은 중간 신분. 주로 특별한 능력이나 기술로 나랏일을 돕는 일을 함.
*상민 : 조선의 보통 사람의 신분. 주로 농업, 상업 등의 일을 함.
*천민 : 조선의 가장 낮은 신분. 노비, 기생 등의 일을 함.
*나랏일 : 나라의 정치에 관한 일.
*관리 : 나랏일을 하는 사람. 지금의 공무원과 비슷함.
*벼슬 : 나랏일 중에 높은 자리.
*백성 : 아주 높은 신분이 아닌 보통 사람.

흥부전

- 형제(형제/자매/남매)가 있나요?
- 형제끼리 사이가 좋습니까?

옛날에 놀부라는 형과 흥부라는 동생이 살았다. 욕심 많은 놀부는 부모의 재산을 모두 빼앗고 착한 흥부를 내쫓았다. 많은 자식을 데리고 쫓겨난 흥부는 하루하루를 겨우 살고 있었다.

어느 날 흥부네 아이들이 배가 고파 울고 있었다. 흥부는 놀부를 찾아갔다. 놀부는 얼굴조차 보이지 않고 부엌에 있던 놀부 마누라가 밥알이 붙은 **주걱**을 들고 나왔다.

"**형수**님, 남는 밥이 있으면 좀 주세요. 아이들이 배가 고프다고 난리입니다."

그런데 흥부의 말이 다 끝나기도 전에 놀부 마누라는 주걱으로 흥부의 뺨을 때렸다

"찰싹!"

흥부는 자기도 모르게 뺨을 감쌌다. 뺨에는 하얀 밥알이 붙어 있었다. 흥부는 아이들에게 먹이려고 뺨에 붙은 밥을 한 *톨, 한 톨 떼어냈다.

"형수님, 이쪽 뺨도 주걱으로 때려 주세요."

흥부의 말에 놀부 마누라는 다른 뺨을 치려다가 멈추었다. 놀부 마누라는 '조금만 참았으면 쌀 한 톨을 아꼈을 텐데.'라고 생각하니 화가 났다. 그렇게 흥부는 놀부의 집에서 밥을 얻지 못하고 쫓겨났다.

어느 봄날, 흥부는 어디선가 들리는 **제비** 소리를 따라갔다. 그곳에는 다리가 부러진 제비가 있었다.

"불쌍해라. 내가 고쳐 줄 테니까 조금만 참아."

흥부는 제비 다리를 정성껏 고쳐 주었고, 며칠 뒤 제비는 건강해져서 날아갔다.

일 년 후 다시 봄이 되자 제비가 흥부의 집에 찾아왔다. 흥부는 제비에게 반갑게 인사를 했다. 제비는 흥부에게 인사를 하며 무엇인가를 떨어뜨렸다. 가까이 가서 보니 **박**의 씨였다.

"**박씨**구나. 네 덕에 가을에 맛있는 음식을 해 먹겠구나. 고맙다."

흥부는 박씨를 정성껏 심었다. 여름이 되자 지붕에 주렁주렁 열린 박

▪ 주걱
rice paddle
杓子
勺子

▪ 형수
one's sister-in-law
兄嫁
嫂子

▪ 제비
swallow
つばめ
燕子

▪ 박
gourd
ユウガオ
葫芦

▪ 박씨
seed of gourd
ユウガオの種
葫芦种子

에서 하얀 박꽃이 피었다. 가을이 되자 박이 누렇게 익었다. 흥부는 박
으로 음식을 해 먹으려고 식구들을 불러 모아 박을 *탔다. 그때였다. 박
속에서 **금은보화**가 계속 쏟아져 나왔다.

"금이다! 은이다! 또 금이다!"

이 일로 흥부는 큰 부자가 되었다. 흥부는 제비가 은혜를 갚았다고 생
각했다. 흥부 소식에 마을이 떠들썩해지자 놀부도 찾아왔다.

"동생! 부자가 되었다고 하던데."

흥부의 이야기를 들은 놀부는 집으로 돌아와 제비를 잡아 다리를 부
러뜨렸다.

"내가 고쳐 주마. 나도 부자로 만들어 줄 거지? 흥부보다 더 많이 가
져오너라."

놀부는 그날부터 매일 봄이 오기를 기다렸다. 그리고 드디어 놀부가
기다리던 봄이 되었다. 제비가 박씨를 가지고 놀부의 집으로 찾아왔다.
놀부는 흥부처럼 박을 심고 가을이 되기를 기다렸다. 놀부가 **심술** 가득
한 눈으로 박을 탔다.

"박을 타자. 박을 타. 나는 이제 부자가 될 것이다."

박이 갈라지자마자 **무시무시한** *도깨비가 나왔다. 놀부가 놀라서 어
쩔 줄 몰라 하는 사이에 도깨비는 놀부의 재산을 전부 가져가 버렸다.
놀부는 거지가 되었다. 소문을 듣고 찾아온 흥부에게 놀부는 눈물을 흘
리며 말했다.

"부자는커녕 거지가 되었어."

흥부는 놀부를 위로했다.

"형님, 제가 있지 않습니까? 살다 보면 힘든 일을 겪을 수도 있지요."

그날부터 흥부와 놀부는 사이좋게 행복하게 살았다.

---

*톨 : 밤, 쌀 같은 곡식을 세는 말.
*타다 : 톱 같은 도구로 박을 갈라지게 하다.
*도깨비 : 동물이나 사람의 모양을 한 귀신.

1 〈흥부전〉을 읽고 내용이 같은 것을 고르십시오.

① 흥부는 놀부를 용서해 주었다.

② 놀부는 제비 덕분에 부자가 되었다.

③ 가난한 흥부는 부자인 놀부를 질투했다.

④ 흥부와 놀부는 사이가 안 좋은 자매였다.

2 다음을 이야기의 순서대로 맞게 나열한 것을 고르십시오.

(가) 흥부는 놀부를 도와주며 행복하게 살아간다.
(나) 흥부 소식을 들은 놀부는 제비 다리를 부러뜨렸다가 재산을 모두 잃는다.
(다) 흥부는 배가 고파서 힘들어하는 자식을 위해 놀부에게 도와 달라고 한다.
(라) 흥부는 제비의 부러진 다리를 고쳐 주고 부자가 된다.

① (나)-(다)-(라)-(가) 　　② (가)-(나)-(다)-(라)

③ (다)-(라)-(나)-(가) 　　④ (나)-(라)-(다)-(가)

3 다음은 무엇에 대한 글인지 고르십시오.

인기 메뉴 흥부 정식보다 반찬 수가 2배 많아졌습니다!
재료를 아끼지 않아서 더욱 맛있는 놀부 정식 출시!

① 새 메뉴　　　② 새 가게　　　③ 가격 인상　　　④ 장소 변경

4 괄호 안을 알맞게 채우십시오.

무시무시하다   제비   주걱   심술

① (   )으로 밥을 푸다.

② 놀부처럼 (   )을 부리다.

③ 봄이 되자 (   )가 날아왔다.

④ (   ) 이야기를 듣고 잠이 오지 않는다.

5 놀부가 제비의 다리를 부러뜨린 이유는 무엇입니까?

____

____

____

____

____

1 -(으)ㄹ 텐데

▶ 추측하거나 앞으로 일어날 일을 나타낼 때 쓰는 말. 글을 쓸 때는 '-을 터인데'로도 쓴다.

조금만 참았으면 쌀 한 톨을 아꼈**을 텐데**.

- 배가 고**플 텐데** 어서 드세요.
- 한국에 온 건 둘이 비슷**할 텐데** 쯔위가 한국어를 더 잘해요.
- 이제 곧 대학생이 **될 텐데** 이것도 모르면 어떡해요.

2 -아/어라

▶ 상태나 감정을 나타내는 말 뒤에 써서 감탄을 표현하는 말. 동사 뒤에 쓰면 명령하는 말이 된다.

불쌍**해라**.

- 아이고, 가엾**어라**.
- 아, 추**워라**.
- 그리**워라**, 내 고향.

은/는커녕

▶ 앞에 말한 것은 물론이고 그보다 못한 것도 없다는 뜻으로 쓰는 말.

📖 부자**는커녕** 거지가 되었어.

- 저축**은커녕** 월세 낼 돈도 모으지 못했어요.
- 냉장고에 과일**은커녕** 마실 물도 없어요.
- 달리기**는커녕** 걷기도 잘 못한다.

4

-다 보면

▶ 앞말의 행동을 '계속하면'이라는 뜻으로 쓰는 말.

📖 살**다 보면** 힘든 일을 겪을 수도 있지요.

- 일을 하**다 보면** 실수를 할 수도 있죠.
- 이 길을 따라가**다 보면** 가게가 나올 거예요.
- 자꾸 읽**다 보면** 뜻을 알게 돼요.

<흥부전>은 작가를 모릅니다. 대신 언제부터 읽었는지는 알려졌습니다. 이 작품은 조선 후기의 이야기입니다. 이때부터 신분 사회였던 조선이 변하기 시작했습니다. 변화를 이끈 것은 돈이었습니다. 신분보다 돈이 중요한 사회가 된 것입니다. 가난한 양반이 있는 반면 부자인 백성도 나타났습니다.

돈이 중요해지면서 가족 관계가 흔들리기 시작했습니다. <흥부전>은 욕심 많고 부자인 형과 가난하지만 착한 동생의 이야기입니다. 부자인 놀부는 흥부의 가난을 흥부의 문제라고 비난합니다. 자식이 많은 데다 능력이 없다는 것이 이유입니다.

그런데 흥부가 갑자기 부자가 됩니다. 흥부는 놀부에게 자신이 부자가 된 이유를 말해 줍니다. 놀부는 흥부처럼 부자가 되기 위해 일부러 제비 다리를 부러뜨리고 고쳐 줍니다. 얼마 후 제비가 가져온 박을 탑니다. 큰 기대를 하지만 곧 눈물을 흘립니다. 박 안에서 도깨비가 나와 전 재산을 빼앗아 가기 때문입니다. 놀부는 그제야 후회합니다. 제비는 흥부에게는 행운의 박을 주었지만 놀부에게는 불행의 박을 선물한 것입니다.

흥부는 어려운 상황에서도 착하게 살아갑니다. 그의 성격은 부자가 돼서도 변하지 않습니다. 그가 생각하는 행복의 조건은 돈이 아니었습니다. 그렇기 때문에 욕심을 부리다가 전 재산을 잃은 놀부를 따뜻하게 보살핍니다. 가족이 함께 행복하게 잘 사는 것이 가장 중요하다고 생각한 것입니다. <흥부전>은 가족 간의 사랑을 중요하게 생각하는 한국인의 삶의 자세가 나타나는 작품입니다.

활동

▶ 여러분은 살면서 후회를 했던 적이 있나요? 아래의 문법을 사용해서 후회하는 일을 써 보세요.

문법 -(으)ㄹ 텐데

(-았/었으면 …… -았/었을 텐데)

오늘 후회하는 일

예 일찍 일어났으면 시간을 아꼈을 텐데.

___________________으면 ___________________텐데.
___________________으면 ___________________텐데.
___________________으면 ___________________텐데.

한 달 동안 후회한 일

___________________으면 ___________________텐데.
___________________으면 ___________________텐데.
___________________으면 ___________________텐데.

지금까지 내 인생에서 후회한 일

___________________으면 ___________________텐데.
___________________으면 ___________________텐데.
___________________으면 ___________________텐데.

흥부네 집과 놀부네 집은 어떤 모습이었을까요?

돈이 많은 놀부는 크고 튼튼한 기와집에서, 가난한 흥부는 작은 초가집에서 살았을 거예요.
기와집이나 초가집을 직접 본 적이 있나요?
조선 시대에 흔한 주거 형태였던 기와집과 초가집은 옛날을 배경으로 하는 드라마에서도 쉽게 볼
수 있는데요. 용인, 안동, 경주, 제주 등에 있는 민속촌에 가면 직접 볼 수도 있어요.

홍길동전

- 무엇인가에 실패했을 때 그 이유는 무엇이었나요?
- 노력 부족 말고도 다른 이유나 *장애물이 있다고 생각해 본 적이 있나요?

*장애물 : 앞을 막고 방해하는 물건.

작품 읽기

홍길동은 태어날 때부터 뛰어난 힘과 재주가 있었지만, *첩의 아들로 태어나 능력을 인정받지 못했다. 아버지인 홍 *판서를 아버지라고 부를 수도 없었다.

그러던 어느 날, 홍길동은 더 이상 참을 수가 없었다. **입술을 깨물며 주먹을 꼭 쥐고** 홍 판서에게 물었다.

"저는 왜 아버지를 아버지라고 부르지 못하고 형을 형이라고 부르지 못합니까?"

홍 판서는 화가 난 표정으로 홍길동을 혼냈다.

"이 놈! 네 아버지가 어디에 있느냐? 형은 또 어디에 있고!"

홍 판서의 말에 홍길동은 **원망** 가득한 눈빛으로 말했다.

"아버지 없이 태어나는 자식이 있습니까?"

홍 판서는 아무 말도 하지 못했다. 멀리서 안절부절 못하던 홍길동의 어머니가 다가와 홍길동을 끌고 갔다.

"대감께 버릇없이 뭐하는 짓이야!"

홍길동은 모든 것이 원망스러웠다. 첩인 어머니도, 신분 제도를 이유로 자신을 인정해 주지 않는 아버지도 미웠다. 책을 열심히 읽고 **무술** 훈련도 했지만 홍길동에게는 어떤 기회도 주어지지 않았다.

홍길동은 새로운 인생을 살아 보기로 결심하고 집을 나왔다. 갈 곳이 없어 **망설이고** 있을 때 도둑들이 홍길동에게 싸움을 걸어왔다. 도둑들은 힘 한번 써 보지 못하고 홍길동에게 **무릎을 꿇고** 말았다.

"저희를 이끌어 주십시오."

도둑들은 곧바로 홍길동을 대장으로 모시기로 했다. 그날부터 홍길동은 도둑들을 이끌었지만, 도둑질로 다른 사람을 **괴롭힐** 수는 없다고 생각했다. 그래서 홍길동은 착한 도둑이 되기로 결심하고 '활빈당'을 만들었다. '활빈당'은 백성을 괴롭히는 나쁜 도둑과 관리들을 찾아가 벌을 주고 돈을 빼앗아 가난한 백성들에게 나누어 주었다.

백성들이 고통 받는 곳이라면 홍길동이 **동에 번쩍, 서에 번쩍** 나타나 도와주었다. 어느새 온 나라에 홍길동을 모르는 사람이 없을 정도가 되었다. 백성들은 힘들 때마다 홍길동이 나타나기를 기다렸다.

"조금만 참아 봐. 홍길동이 나타나 도와줄 거야."

백성들은 홍길동이 자신들을 구해 줄 **영웅**이라고 생각했다.

"홍길동이야말로 왕이 돼야 해."

이런 백성들의 목소리가 커지자 왕은 걱정에 빠졌다. 영웅이 나타나 나라를 흔들면 왕의 자리를 지키기 어려울 수 있기 때문이었다.

왕은 홍길동을 자신의 **신하**로 만들어야겠다고 생각했다. 그래서 관리들에게 홍길동을 **설득**하라고 지시했다.

"홍길동이 원하는 벼슬이 무엇인지 물어보거라."

왕은 곧 홍길동에게 사람을 보냈다. 홍길동은 왕의 제안이 어리둥절하기만 했다.

"신분이 낮은 저에게 벼슬을 주신다고요? 왕께서요?"

하지만 홍길동은 왕의 뜻을 거절했다. 신분 제도가 있는 이 나라에서는 자기의 뜻을 이루기 어렵다고 생각했기 때문이다.

그 후 홍길동은 자신을 따르는 사람들을 데리고 나라 밖에 있는 섬으로 갔다.

"홍길동이라면 믿고 떠나야지. 나는 떠나야겠어."

나라 밖 먼 곳에 율도국이라는 섬나라가 있었는데, 그곳은 백성을 슬프게 하는 관리와 도둑이 넘쳤다. 홍길동은 부하들과 함께 나쁜 관리에게 벌을 주고 나쁜 왕을 몰아냈다. 그리고 홍길동은 율도국의 왕이 되었다. 홍길동은 율도국을 신분 때문에 차별받는 사람이 없는 행복한 나라로 만들었다. 홍길동과 백성들은 오랫동안 행복하게 살았다.

*첩 : 아내가 있는 사람이 아내 말고도 더 데리고 사는 여자.
*판서 : 조선의 높은 벼슬 중 하나.

1 〈홍길동전〉을 읽고 내용이 같은 것을 고르십시오.

① 홍길동은 어머니의 신분을 물려받았다.

② 홍길동은 사랑받는 어린 시절을 보냈다.

③ 율도국은 관리들이 괴로워하는 나라였다.

④ 홍길동은 왕이 준 벼슬을 감사하게 받았다.

2 다음을 이야기의 순서대로 맞게 나열한 것을 고르십시오.

(가) 홍길동은 율도국의 왕이 된다.

(나) 홍길동은 자기의 능력을 펼치기 위해 가출한다.

(다) 홍길동은 도둑을 이끌고 백성을 돕는다.

(라) 홍길동은 왕의 제안을 거절한다.

① (나)-(다)-(라)-(가)　　　　② (가)-(나)-(다)-(라)

③ (라)-(나)-(가)-(다)　　　　④ (나)-(라)-(다)-(가)

3 다음은 무엇에 대한 글인지 고르십시오.

항공권 구입부터 호텔 예약까지!

행복의 나라 율도국에서 편안한 휴식을!

① 커피숍　　　② 편의점　　　③ 여행사　　　④ 백화점

4 괄호 안을 알맞게 채우십시오.

영웅   괴롭히다   설득하다   망설이다

① (　　　　) 대접을 하다.

② 약한 친구를 (　　　　) 안 돼.

③ 담배를 피우지 말라고 (　　　　).

④ 여름휴가를 어디로 가야 할지 (　　　　).

5 홍길동은 왜 아버지를 아버지라고 부르지 못합니까?

____

____

____

____

____

1 -기로

▶ '-게 하겠다고', '-게 할 것을'과 같은 뜻의 말.
특히 '하다'나 '결심하다, 결정하다, 정하다, 약속하다, 합의하다' 의 앞에 쓴다.

📖 홍길동은 새로운 인생을 살아 보**기로** 결심하고 집을 나간다.

- 한국대학교에 지원서를 넣**기로** (정)했다.
- 내일 도서관에서 만나**기로** (약속)했어요.
- 두 나라는 서로 전쟁을 하지 않**기로** (합의)했다.

2 -고 말다

▶ 앞말의 내용을 피하려고 했는데 결국 일어남을 나타내는 말.

📖 그러던 어느 날 도둑이 싸움을 걸어오**고 말았다**.

- 열심히 뛰어갔는데도 기차를 놓치**고 말았다**.
- 어젯밤에 시험공부를 하다가 잠이 들**고 말았다**.
- 술을 조금만 마시려고 했는데 취하**고 말았다**.

3 (이)야말로

▶ 앞의 말을 특별히 강조하는 뜻의 말.
받침이 있는 말 뒤에서는 '이야말로', 받침이 없는 말 뒤에서는 '야말로'로 쓴다.

📖 홍길동**이야말로** 이 나라의 왕이 돼야 해.

- 저축**이야말로** 부자가 되는 지름길이다.
- 연예인**이야말로** 타고난 끼가 있어야 해.
- 김치**야말로** 한국의 맛이다.

4 -게 하다

▶ 앞말이 뜻하는 상태가 되도록 함을 나타내는 말.

📖 그곳은 백성을 슬프**게 하는** 관리와 도둑이 넘쳤다.

- 늘 손을 깨끗하**게 하자**.
- 겨울에는 몸을 따뜻하**게 하는** 것이 좋다.
- 나를 슬프**게 하지** 마세요.
- 내 마음을 아프**게 하지** 마세요.

영웅의 삶을 다룬 이야기는 언제나 인기가 높습니다. 어느 시대나 영웅이 나타나기를 바라기 때문입니다. 조선 시대에 허균이 쓴 〈홍길동전〉 역시 큰 인기를 끌었습니다. 〈홍길동전〉에서 기억해야 할 것은 두 가지입니다.

먼저, 〈홍길동전〉이 최초의 한글 소설이라는 점입니다. 세종대왕이 한글을 만들었지만 많은 사람이 쓰지는 못했습니다. 양반들의 언어는 한자였습니다. 그렇기 때문에 한글로 글을 쓰는 일은 비판을 받는 일이었습니다. 하지만 허균은 꾸준히 한글 작품을 썼습니다. 더 많은 사람이 읽기를 원했기 때문입니다.

또 하나는 〈홍길동전〉의 내용입니다. 조선은 신분 사회였습니다. 허균은 신분이 큰 문제라고 생각했습니다. 신분 문제를 겪는 백성들의 고통을 없앨 방법을 고민했습니다. 그래서 만든 인물이 '홍길동'이었습니다. 홍길동은 능력이 있었지만 도전할 수 없었습니다. 하지만 그는 좌절하지 않고 새로운 삶을 찾았습니다. 허균은 자신이 꿈꾸는 세상을 홍길동을 통해 이뤘습니다.

〈홍길동전〉은 세상에 나오자마자 큰 인기를 끌었습니다. 〈홍길동전〉은 백성들에게 큰 희망을 주었습니다. 자신들을 도와줄 영웅이 나타나기를 바라는 백성의 소원이 이야기로 이루어진 것입니다. 지금도 한국에는 '홍길동'의 흔적이 여러 곳에 남아 있습니다. 한국인은 홍길동 같은 영웅이 나타날 것이라는 희망을 잃지 않고 살아가고 있습니다.

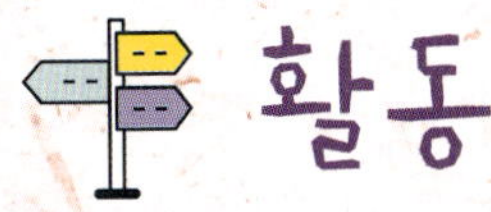

활동

▶ 행복한 세상을 만들기 위한 방법을 생각해 보고, 아래의 문법을 사용해서 써 보세요. 다른 사람이 생각한 방법은 무엇인지 듣고 써 보세요.

문법   -게 하다

예 김자연 ▶ 산을 푸르게 해야 해요.

'홍길동'을 찾아라!

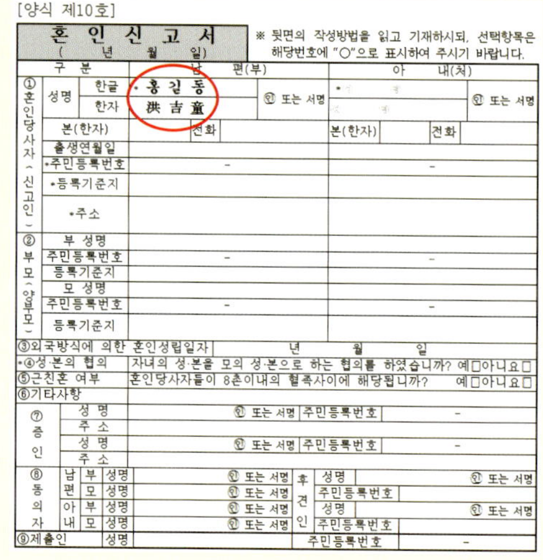

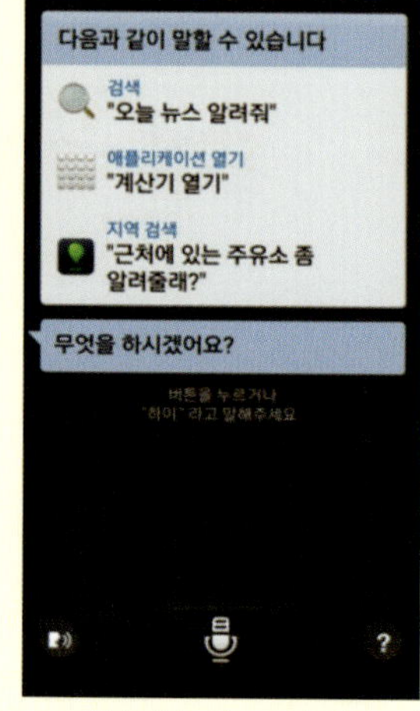

왼쪽 문서는 홍길동의 혼인신고서입니다. 동 주민 센터에 있는 예시 문서를 보면 이름을 쓰는 곳에 홍길동이라고 쓰인 것을 볼 수 있어요.

오른쪽은 스마트폰의 기능을 설명하는 글이에요. 사람 이름을 쓰는 곳에 홍길동이라고 써 두었네요.

이 외에도 홍길동을 만나는 일은 어렵지 않아요. 생활 속에서 '홍길동'을 찾아보세요.

어디에서　:
____

어떻게　:
____

____

11

심청전

- 부모님을 위해 무엇을 해 본 적이 있나요?
- 그때 어떤 마음이 들었나요?

작품 읽기

　옛날에 심 *봉사라는 앞을 보지 못하는 남자가 있었다. 심 봉사는 심청이라는 딸이 있었다. 심청의 어머니는 심청을 낳고 곧 병으로 세상을 떠났다. 심 봉사는 혼자서 심청을 키웠다. 세월이 흘러 심청이가 심 봉사를 보살피며 살아가게 되었다.

　그러던 어느 날 심 봉사는 심청을 **마중 갔다가 개천**에 빠지게 되었다.

　"사람 살려. 사람 살려."

　마침 길을 가던 스님이 심 봉사를 구해 주었다. 그리고는 부처님께 쌀 삼백 *석을 바치면 눈을 뜨고 행복하게 살 것이라고 했다.

　"네. 얼마든지 해 드리지요. 눈만 뜰 수 있다면 무엇이든 해야지요."

　심 봉사는 스님에게 약속을 하고 기분 좋게 집으로 돌아왔다.

　하지만 스님과 약속한 날이 다가올수록 걱정이 커졌다. 당장 밥을 해 먹을 쌀도 없었기 때문이다. 결국 심 봉사는 병이 들고 말았다. 심청이 걱정하면서 이유를 물었더니 심 봉사는 스님과 한 약속을 이야기했다. 심 봉사의 이야기를 들은 심청은 **가슴이 찢어졌다.**

　그러던 어느 날, 마을에 낯선 사내들이 나타났다. 그 사람들은 무사히 바다를 건너기 위해서 *인당수에 **제물**로 바칠 처녀를 구하고 있었다. 인당수에 빠지면 쌀 삼백 석을 준다고 했다.

　"제가 인당수에 빠질 테니 쌀을 주세요."

　심청은 아버지의 눈을 뜨게 해 드리기 위해 목숨을 바치기로 결심했다. 이 사실을 알고 심 봉사는 후회의 눈물을 흘렸다.

　"네가 죽고 내가 눈을 뜨면 무슨 소용이냐. 너마저 없으면 내가 어떻게 살아!"

　그렇지만 심청의 마음은 바뀌지 않았다.

　결국 사내들과 약속한 시간이 왔다. 심청은 눈물을 흘리며 사내들을 따라 배에 올랐다.

　배가 인당수를 지날 때쯤 파도가 거칠어졌다. 심청은 눈을 감고 치마를 꼭 쥐고 인당수에 몸을 던졌다.

'이제 죽었구나.'

모든 것이 끝났다고 생각한 심청의 눈앞에 멋진 **용궁**이 나타났다. 심청은 그곳에서 정성스러운 대접을 받고 행복한 시간을 보냈다.

얼마 후, 인간 세상으로 돌아온 심청은 왕을 만나 결혼해 왕비가 되었다. 그런데 아버지에 대한 걱정으로 늘 표정이 밝지 못했다. 그래서 왕은 심 봉사를 찾기 위해 온 나라의 앞 못 보는 사람들을 **초대**하는 **잔치**를 열었다. 하지만 며칠이 지나도 심 봉사는 나타나지 않았다.

"잔치가 하루밖에 남지 않았는데! 아버지가 **궁궐**을 못 찾으시나 보다."

한편 심 봉사는 여전히 앞을 보지 못하고 있었다. 심청이가 인당수에 빠져서 심 봉사가 많은 쌀을 받았다는 소문을 듣고 마음씨 나쁜 뺑덕*어미가 심 봉사에게 접근한 것이다. 뺑덕 어미가 심 봉사의 재산을 모두 써 버려, 심 봉사는 다시 가난해졌다.

그러던 중 잔치가 열린다는 소문을 듣고 궁궐로 가다가 길을 잃고 말았다. 그렇게 심 봉사가 **거지**가 되어 궁궐에 도착한 것은 잔치 마지막 날이었다.

이런 사정을 모르는 심청은 눈물만 흘리고 있었다. 그때였다. 거지같은 모습의 심 봉사가 궁궐로 걸어 들어왔다. 심청은 벌떡 일어나 뛰어갔다. 심청은 심 봉사의 손을 꼭 잡으며 안았다.

"아버지. 아버지."

심 봉사는 심청의 목소리를 듣고도 **어리둥절했다**.

"아버지. 저예요. 저, 청입니다."

"청아! 청아! 정말 내 딸 청이란 말이냐?"

그 순간 심 봉사가 눈을 번쩍 떴다. 두 사람은 서로를 꼭 안고 마주 보며 행복의 눈물을 흘렸다. 심청은 심 봉사와 함께 행복하게 살았다.

*봉사 : 눈이 보이지 않는 사람을 낮추어 이르는 말.
*석 : 쌀을 세는 말. 한 석은 약 180리터.
*인당수 : 서해 바다의 어떤 곳.
*어미 : 어머니를 낮추어 이르는 말.

■ 초대
invitation
招待
邀请

■ 잔치
party
パーティー
宴会

■ 궁궐
palace
宮
宮殿

■ 거지
beggar
乞食
乞丐

■ 어리둥절하다
to be puzzled
面食らう
惊呆

1 〈심청전〉을 읽고 내용이 같은 것을 고르십시오.

① 심 봉사는 스님에게 심청을 팔았다.

② 심청은 왕비가 되었지만 행복하지 않았다.

③ 심청은 바다에 사는 용왕의 아내가 되었다.

④ 심 봉사는 끝까지 앞을 보지 못하고 죽었다.

2 다음을 이야기의 순서대로 맞게 나열한 것을 고르십시오.

(가) 심청이는 앞을 보지 못하는 심 봉사의 딸로 태어난다.

(나) 심 봉사는 앞을 볼 수 있다는 말에 스님과 약속을 한다.

(다) 심청이는 쌀 삼백 석을 구하려고 인당수에 빠진다.

(라) 심청이는 왕비가 되어 아버지를 만난다.

① (가)-(다)-(라)-(나)   ② (가)-(나)-(다)-(라)

③ (나)-(라)-(가)-(다)   ④ (나)-(라)-(다)-(가)

3 다음은 무엇에 대한 글인지 고르십시오.

검사부터 수술까지 한 번에.
날마다 밝은 세상을 본다.

① 병원   ② 공원   ③ 학원   ④ 정원

4 괄호 안을 알맞게 채우십시오.

초대　　　개천　　　어리둥절하다　　　잔치

① (　　　　)받지 못한 손님

② 이게 무슨 일인지 (　　　　).

③ (　　　　)에 빠져서 옷이 젖었다.

④ 토요일에 생일 (　　　　)를 할 거예요.

5 심청이가 인당수에 몸을 던진 이유는 무엇입니까?

1 -(으)ㄹ수록

▶ 앞 내용의 정도에 따라 뒤 내용의 정도가 더해지거나 덜해짐을 나타내는 말.

📖 하지만 스님과 약속한 날이 다가**올수록** 걱정이 커졌다.

- 심청전은 읽**을수록** 재미있다.
- 나이가 **들수록** 마음은 어려진다.
- 벼는 익**을수록** 고개를 숙인다.

2 마저

▶ 하나 남은 마지막임을 나타내는 말.

📖 너**마저** 없으면 내가 어떻게 살아!

- 어린이들**마저** 테러에 이용되고 있다.
- 동생이 남은 과자**마저** 다 먹어 버렸다.
- 에어컨도 없는데 선풍기**마저** 고장이 났다.

3 밖에

▶ 앞의 것만 있고 다른 것은 없음을 나타내는 말.
뒤에는 '안, 못, 않다, 못하다, 없다' 등 부정을 나타내는 말을 쓴다.

📖 잔치가 하루**밖에** 남지 않았는데.

- 사탕이 하나**밖에** 안 남았다.
- 진정한 친구는 철수**밖에** 없다.
- 지금은 돈이 천 원**밖에** 없어요.
- 한국어를 배운 지 일 년**밖에** 되지 않았어요.

4 -(으)ㄴ가/는가/나 보다

▶ 앞말의 내용을 추측할 때 쓰는 말.
동사, '있다, 없다' 뒤에서는 '-나 보다' 또는 '-는가 보다'로 쓴다. 형용사, '-이다' 뒤에서는 '-(으)ㄴ가 보다'로 쓴다.

📖 아버지가 궁궐을 못 찾으시**나 보다**.

- 이런 말도 모르**나 봐요**. / 이런 말도 모르**는가 봐요**.
- 철수는 아직도 타자기를 쓰**나 봐요**.
- 친구들은 모두 집에 돌아갔**나 보다**.
- 철수는 반에서 인기가 많**은가 보다**.
- 두 사람 얼굴이 닮은 것을 보니 형제**인가 보다**.

〈심청전〉은 한국에서 가장 유명한 고전 소설입니다. 하지만 이 작품은 〈흥부전〉과 마찬가지로 누가 썼는지 알지 못합니다. 또한 언제 썼는지도 확실히 모릅니다. 옛날부터 전해 내려온 이야기를 소설로 만든 것이기 때문입니다. 긴 시간 동안 사람들 사이에 전해져 내려온 〈심청전〉의 작가는 모든 한국인이라고 할 수 있습니다.

한국인들은 모든 일의 기본을 효(孝)라고 생각했습니다. 부모님을 잘 모시는 일은 가장 중요한 일이었습니다. 살아 계신 부모님을 정성껏 모시고, 돌아가신 부모님을 그리워하며 기억하는 일에 온 힘을 쏟았습니다. 부모님이 원하시는 일은 무엇이든 하는 것이 효도라고 믿었습니다.

심청 역시 마찬가지입니다. 심청은 앞을 보지 못하는 아버지를 정성껏 보살핍니다. 심지어 아버지가 눈을 뜨고 행복하게 살게 하기 위해 자신의 목숨을 버립니다. 그런데 심청은 죽지 않고 아름다운 용궁으로 가게 됩니다. 그리고는 왕의 사랑을 받는 왕비가 되고, 아버지를 찾아 함께 살게 됩니다.

효도를 하기 위해 모든 것을 버린 순간 행복이 시작된 것입니다. 비현실적인 이야기입니다. 왜 이런 이야기가 나왔을까요? 또 왜 이처럼 큰 사랑을 받는 것일까요? 그만큼 한국인에게는 효도가 중요한 가치이기 때문입니다. 한국인의 효도에 대한 간절한 마음이 모여 〈심청전〉이 만들어지고 지금까지 읽히는 것입니다.

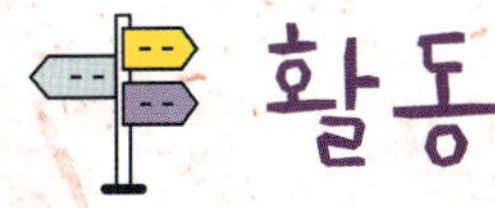

활동

▶ 여러분이 심 봉사처럼 앞이 보이지 않는다고 생각해 보세요. 2인 1조가 되어 눈을 감은 채 손에 만져지는 사물을 아래의 문법을 사용해서 맞추어 보세요.

문법   -(으)ㄴ가/는가/나 보다

예 미에코 ▶ 매끈한 것을 보니 지우개인가 보다.

☐ ▶ ______________________________________

☐ ▶ ______________________________________

☐ ▶ ______________________________________

☐ ▶ ______________________________________

☐ ▶ ______________________________________

☐ ▶ ______________________________________

☐ ▶ ______________________________________

☐ ▶ ______________________________________

심청이가 뛰어든 인당수는 어디에 있을까요?

대한민국 서해 북쪽 끝에 있는 섬인 백령도와 북한의 장산곶 사이에 있는 바다가 인당수예요.
백령도에 가면 심청각에서 심청전에 대한 전시를 볼 수 있고, 효녀 심청상을 볼 수도 있어요.
심청각을 찾아 가는 길에는 효녀 심청 이야기가 그려져 있어요.

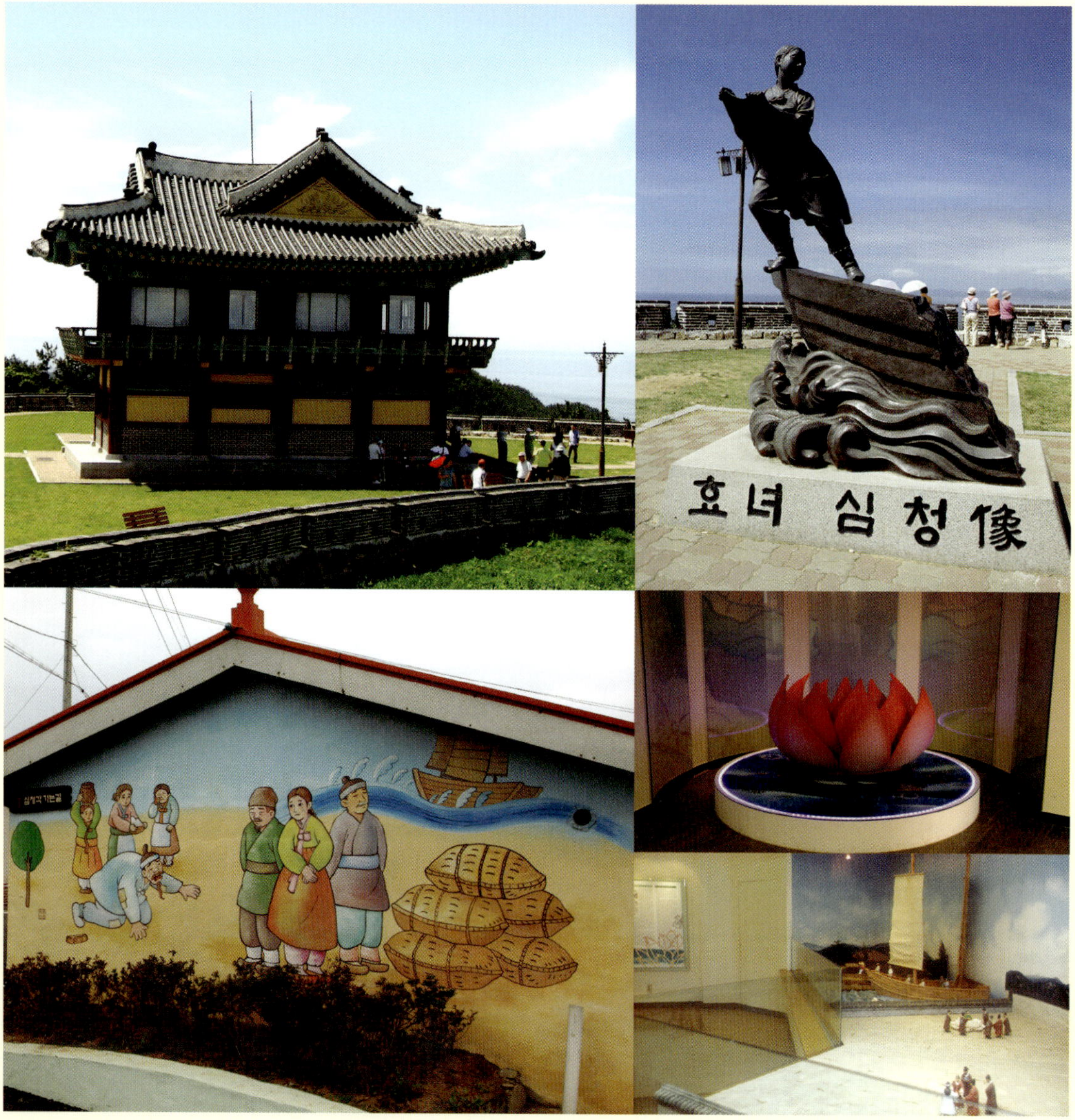

출처 : 옹진군청(www.ongjin.go.kr)

12

춘향전

- 사랑을 방해하는 장애물은 어떤 것이 있을까요?
- 만약에 신분이 장애물이라면 어떻게 하겠습니까?

작품 읽기

옛날 전라도 *남원에 성춘향이 살고 있었다. **기생** 월매의 딸 춘향은 매우 아름다웠다. 어느 해 *단옷날, *광한루에서 춘향이 **그네**를 타고 있었다. 그 모습을 보고 춘향에게 한눈에 반한 사람이 있었다. 남원의 **사또**가 된 아버지를 따라 서울에서 남원으로 온 이몽룡이었다. 몽룡은 **하인** 방자에게 말했다.

"**선녀** 같은 저 여인은 누구냐? 당장 만나게 해다오."

양반인 몽룡과 기생의 딸인 춘향은 신분이 다르지만 서로를 깊이 사랑하게 되었다. 두 사람은 만날 때마다 아름다운 사랑 노래를 불렀다.

"이리 오너라. 업고 놀자."

하지만 둘의 사랑은 곧 **위기에 빠지고** 말았다. 몽룡이 아버지를 따라 서울로 돌아가야 했기 때문이다. 몽룡은 춘향과 함께 가고 싶었지만 아버지의 반대로 그럴 수 없었다. 어쩔 수 없이 몽룡은 서울로 떠나며 춘향에게 꼭 돌아오겠다고 약속했다.

"미안하다. 꼭 *장원급제해서 돌아올 것이다."

그러나 서울에 간 몽룡은 편지 한 장도 보내지 않았다. 춘향은 마음이 아팠지만 꼭 돌아온다는 몽룡의 약속만을 믿고 지냈다. 시간이 흘러 남원에는 몽룡이 춘향을 버렸다는 소문이 퍼져 나갔다.

그러던 어느 날 남원에 새로운 사또가 왔다. 성이 변 씨로 성격이 사납고 마음씨가 나쁠 뿐만 아니라 일도 하지 않고 술과 여자를 좋아하기만 했다. 변 사또는 아름답다고 소문이 난 춘향을 옆에 두고 싶어 했다. 춘향은 몽룡을 떠올리고 변 사또에게 그럴 수 없다고 했다. 변 사또는 기생의 딸인 춘향의 거절에 분노했다. 변 사또는 춘향을 **감옥**에 가두었다. 하지만 춘향의 마음은 변하지 않았다.

"저는 평생 함께 하기로 한 사람이 있습니다. 죽으면 죽었지 제 뜻을 바꾸지 않겠습니다."

"내 뜻에 따르지 않는다면 다가오는 내 생일날 너를 죽일 것이다."

그렇게 **하루하루** 변 사또의 생일이 다가오는데도 춘향은 몽룡을 믿고

기생
gisaeng, Korean geisha
キーセン(芸妓)
艺妓

그네
swing
ぶらんこ
秋千

사또
district magistrate
地方の管理
使道(对郡守的敬称)

하인
servant
召し使い
下人

선녀
fairy
仙女
仙女

위기에 빠지다
be in crisis
危機に陥る
陷入危机

감옥
jail
監獄
監獄

하루하루
day by day
日に日に
日益

기다렸다. 몽룡이 약속대로 장원급제하고 돌아와서 자신을 살려 줄 것이라고 생각했다.

하지만 변 사또의 생일 전날 밤, 몽룡은 거지가 되어 춘향이 있는 감옥으로 찾아왔다.

"미안하다. 시험에 떨어지는 바람에 이 꼴이 됐어."

춘향은 곧 죽게 될 자신보다 몽룡을 걱정했다. 그래서 어머니 월매에게 몽룡을 부탁했다.

"**서방님**이 시험에 떨어진 모양이에요. 제가 없더라도 잘 보살펴 주세요!"

춘향은 끝까지 몽룡 걱정뿐이었다.

춘향이 죽는 날이 밝았다. 변 사또는 춘향에게 마지막 기회를 주겠다고 했다. 지금이라도 생각을 바꾸어 자기에게 오면 죽이지 않겠다고 했다. 그래도 춘향은 생각을 바꾸지 않았다.

"사또의 말을 듣느니 차라리 죽음을 선택하겠습니다."

변 사또는 매우 화가 나서 당장 춘향을 죽이라고 했다. 그 때였다.

"*암행어사다! 암행어사야!"

한 **무리**의 사람들이 나타나 변 사또를 붙잡았다. 그 무리의 가운데에 몽룡이 있었다. 사실 몽룡은 장원급제를 하고 암행어사가 되어 남원에 온 것이었다. 암행어사 몽룡은 마을을 잘 돌보지 않고 백성들을 괴롭힌 변 사또를 벌주었다.

그리고 고개를 숙이고 있는 춘향에게 다가가 물었다.

"변 사또의 부탁은 못 들어줘도 내 부탁은 들어주겠지?"

춘향은 고개를 푹 숙이고 눈물을 흘리며 말했다.

"죽여 주십시오. 제가 사랑하는 사람은 한 분뿐입니다."

춘향의 말을 들은 몽룡은 춘향에게 다가가 꼭 안아 주며 말했다.

"춘향아. 나다."

춘향은 암행어사가 되어 돌아온 몽룡의 얼굴을 확인했다. 그렇게 다시 만난 두 사람은 결혼해서 행복하게 살았다.

■ 서방님
one's husband
므那樣
夫君

■ 무리
group, crowd
群れ
群

*남원 : 지금의 전라북도 남원시.
*단오 : 한국의 명절 중 하나. 음력 5월 5일.
*광한루 : 남원에 있는 누각.
*장원급제 : 관리를 뽑기 위한 시험인 '과거'에서 1등으로 뽑히는 것.
*암행어사 : 지방 관리를 감시, 관찰하고 어려운 백성을 돕는 일을 하는 벼슬.

1 〈춘향전〉을 읽고 내용이 같은 것을 고르십시오.

① 춘향과 몽룡은 신분이 같다.

② 춘향은 몽룡을 믿고 기다린다.

③ 변 사또는 춘향의 마음씨에 감동한다.

④ 몽룡은 시험에 떨어져 남원으로 돌아온다.

2 다음을 이야기의 순서대로 맞게 나열한 것을 고르십시오.

(가) 암행어사 몽룡이 변 사또를 벌주고 춘향과 행복하게 산다.

(나) 춘향과 몽룡은 한눈에 반해 서로를 사랑한다.

(다) 변 사또는 춘향이 자기 말을 듣지 않자 감옥에 가둔다.

(라) 몽룡은 남원에 춘향을 남겨 두고 서울로 간다.

① (나)-(다)-(라)-(가)　　　　② (가)-(나)-(다)-(라)

③ (라)-(나)-(가)-(다)　　　　④ (나)-(라)-(다)-(가)

3 다음은 무엇에 대한 글인지 고르십시오.

당신의 반쪽을 찾고 싶습니까?

어떻게 사랑해야 할지 모르겠습니까?

이 책을 보는 순간, 당신의 사랑이 시작됩니다.

① 공연　　　　② 영화　　　　③ 음반　　　　④ 도서

4 괄호 안을 알맞게 채우십시오.

위기   감옥   그네   무리

① 경제 (　　　　) 상황

② 사자는 (　　　　)를 이루어 산다.

③ 그는 죄를 지어서 (　　　　)에 갔다.

④ 놀이터에서 아이들이 (　　　　)를 타고 있다.

5 춘향은 왜 변 사또의 말에 따르지 않았습니까?

1

-너라

▶ '오다, 돌아오다, 가져오다'처럼 '오다'로 끝나는 말 뒤에 써서 명령하는 말.

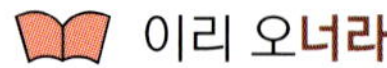 이리 오**너라**.

- 어서 오**너라**.
- 일찍 돌아오**너라**.
- 이리 가져오**너라**.

참고 '오다' 이외의 동사에는 '-거라'가 붙는다.
- 먼저 가**거라**.
- 많이 먹**거라**.
- 공부나 열심히 하**거라**.

2

-(느)ㄴ다는

▶ 남의 말이나 글을 가져와서 전할 때 쓰는 말. '-(느)ㄴ다고 하는'이 줄어든 말.

꼭 돌아**온다는** 몽룡의 약속만을 믿고 지냈다.

- 체육관이 토요일 5시에 문을 닫**는다는** 이야기를 들었다.
- 다음 주에는 태풍이 **온다는** 뉴스를 보았습니다.
- 옛날에는 사람이 80세까지 **산다는** 생각은 하기 힘들었다.

-는 바람에

▶ '~이 원인이 되어서, ~이 이유로'와 같은 뜻의 말.

📖 시험에 떨어지**는 바람에** 이 꼴이 됐어.

- 애들이 웃**는 바람에** 아기가 잠에서 깼다.
- 옆에서 자꾸 권하**는 바람에** 술을 너무 많이 마셨다.
- 뒷사람들이 떠드**는 바람에** 음악 소리가 들리지 않았다.

-느니 (차라리)

▶ 앞의 내용을 선택하기보다 뒤의 내용을 선택함을 나타내는 말.

📖 사또의 말을 듣**느니 차라리** 죽음을 선택하겠습니다.

- 다른 나라에서 고생하**느니** 고향으로 돌아가겠어요.
- 기다리**느니** 직접 찾아가서 물어보는 편이 낫겠다.
- 용의 꼬리가 되**느니 차라리** 뱀의 머리가 되어라.

　사랑이 이루어지지 못하는 이유는 여러 가지가 있을 수 있습니다. 가족의 반대, 병, 교통사고 등 다양한 이유로 연인과 헤어집니다. 사랑하는 사람과 함께한다는 일은 꽤 어려운 일입니다. 그래서 힘든 상황을 이겨 낸 사랑 이야기는 큰 관심을 받습니다.

　한국에는 신분 차이를 이겨 낸 용감하고 아름다운 사랑 이야기가 있습니다. 바로 〈춘향전〉입니다. 이 소설의 주인공은 성춘향과 이몽룡입니다. 두 사람은 우연히 만나 뜨거운 사랑을 합니다. 두 사람 사이를 방해하는 것은 신분의 차이였습니다. 하지만 두 사람의 변하지 않는 사랑 앞에서 신분 제도는 소용이 없었습니다. 결국 두 사람은 결혼을 해 행복하게 살아갑니다.

　한편 조선은 자신의 마음을 밖으로 드러내지 않아야 한다고 생각하는 사회였습니다. 그렇지만 춘향과 몽룡은 서로 좋아하는 마음을 솔직하게 표현합니다. 두 사람은 아주 용기 있고 자유로운 사랑을 합니다. 사랑을 막을 힘을 가진 사회는 없습니다. 사랑의 힘은 세상을 바꿀 만큼 큽니다. '사랑하는 두 사람은 여러 어려움을 이기고 결혼해 행복하게 살았다.'라는 *결말은 그것을 보여 줍니다. 〈춘향전〉은 사랑의 힘을 느낄 수 있는 작품입니다.

　〈춘향전〉의 작가는 알 수 없습니다. 수많은 사람들이 만들어 즐기면서 지금까지 전해지고 있습니다. 자유롭고 아름다운 사랑을 꿈꾸는 한국인의 마음이 담긴 작품입니다.

*결말 : 어떤 일이 마무리되는 끝.

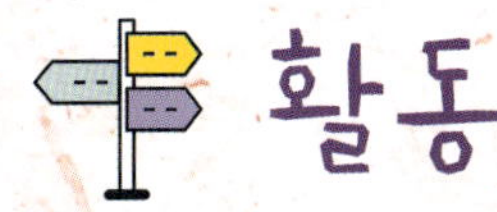

▶ 〈춘향전〉의 등장인물인 '이몽룡', '성춘향', '변 사또'의 입장을 아래의 문법을 사용해 말해 보세요.

文法   -는 바람에

이몽룡 :

예 공부에 집중하는 바람에 편지를 쓸 수 없었어요.

성춘향 :

변 사또 :

한국인이 사랑하는 고전 소설 속 인물과 가장 어울리는 표현은 무엇입니까? 줄을 긋고 문장을 만들어 봅시다.

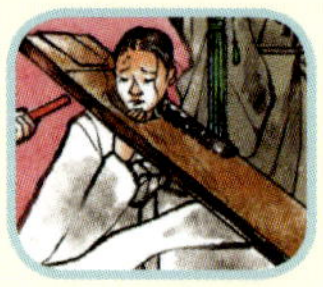

성춘향　■　　　　　■　용감하다

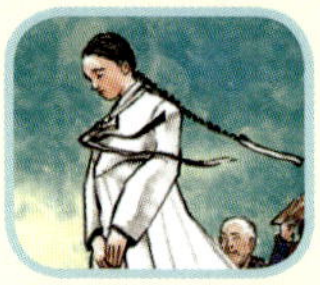

심청　■　　　　　■　착하다

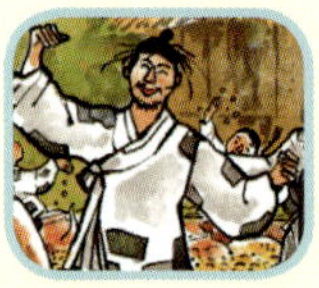

흥부　■　　　　　■　효심이 깊다

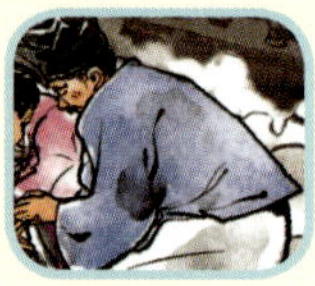

놀부　■　　　　　■　예쁘다

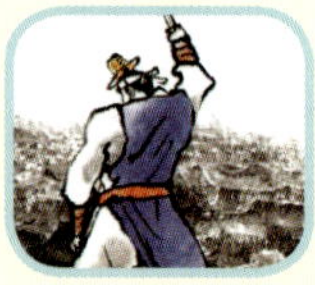

홍길동　■　　　　　■　마음씨가 나쁘다

〈답〉 성춘향은 (남원에서 제일) 예쁘다. 흥부는 (가난하지만) 착하고, 놀부는 (욕심이 많고) 마음씨가 나쁘다. 심청은 (아버지에 대한) 효심이 깊다. 홍길동은 (힘도 세고) 용감하다.

시조

시조 이해를 위해서

　　조선은 선비의 나라였습니다. 양반의 다른 이름이기도 한 선비는 삶과 문학에 대해 이야기하는 시간을 행복해했습니다. 이들은 삶에서 정말 필요한 것이 무엇인가를 고민했던 것입니다.

　　선비들이 만들었던 시를 시조라고 합니다. 시조는 고려 시대부터 시작돼 조선 시대에 활발하게 만들어졌습니다.

　　시조는 일본의 하이쿠(俳句)나 중국의 한시, 영어의 소네트(Sonnet)와 비슷합니다. 시조도 여러 종류로 나뉘지만 가장 일반적인 시조는 평시조라고 합니다. 평시조는 정형시로, 두 가지의 형식을 지켜야 합니다. 첫째는 세 줄이라는 점, 둘째는 마지막 줄의 첫 부분을 세 글자로 시작해야 한다는 점입니다.

　　시조에서 가장 많이 다루는 내용은 '임금에 대한 *충성'과 '부모에 대한 효도'입니다. 당시에 중요했던 가치관이 무엇인가를 알 수 있는 부분입니다. 이와 더불어 자연의 아름다움을 노래한 내용도 많습니다.

　　대표적인 시조 작가는 정철, 황진이, 윤선도 등이 있습니다. 선비들의 문학이었던 시조는 시간이 지나면서 기생이나 신분이 낮은 사람들도 쓰는 대중적인 문학으로 발전해 많은 사랑을 받았습니다.

*충성 : (왕이나 나라에 대해) 마음에서 나오는 정성.

13

하여가 / 단심가

- 자신이 굳게 믿는 마음을 꼭 지키는 것이 좋을까요? 바꿔도 될까요?
- 만약 생각을 바꾼다면 어떨 때 바꾸는 것이 좋을까요?

하여가

이방원

이런들 어떠하며 저런들 어떠하리.

*만수산 *드렁칡이 **얽혀진들** 어떠하리.

우리도 이같이 얽혀져 백년까지 **누리리라.**

* 만수산 : 개성 송악산 서쪽에 있는 산.
* 드렁칡 : (산기슭 언덕에 얽혀 있는) 칡덩굴.

단심가

정몽주

이 몸이 죽고 죽어 일백 번 고쳐 죽어

백골이 **진토**되어 **넋**이라도 있고 없고

임 향한 **일편단심**이야 가실 줄이 있으랴.

▪ 얽히다	to entangle 絡む 缠绕, 交织
▪ 누리다	to enjoy 保つ 享受
▪ 백골	skeleton 白骨 白骨, 遗骨
▪ 진토	dust and dirt 塵土 尘土
▪ 넋	spirit 魂 灵魂
▪ 일편단심	single—mindedness 直心 一片丹心

‘충성’이라는 단어가 있습니다. 비슷한 말로 ‘지조’, ‘절개’라는 단어도 있습니다. ‘자신이 옳다고 생각하는 것을 쉽게 바꾸지 않는 마음’을 뜻하는 단어입니다.

이 단어들과 가장 잘 어울리는 시조가 있습니다. 바로 고려의 신하인 이방원과 정몽주가 주고받았던 〈하여가〉와 〈단심가〉입니다. 이들은 고려의 신하였습니다. 당시 고려는 여러 문제로 나라가 흔들리고 있어서 백성들은 불안하고 불만이 많았습니다. 그런데 고려에 대한 생각은 신하마다 달랐습니다. 정몽주는 고려가 영원하기를 바라는 사람이었고, 이방원은 새 나라가 필요하다고 생각하는 사람이었습니다.

그래서 이방원은 〈하여가〉를 지어 정몽주에게 보냈습니다. 자신과 함께 새로운 나라를 만들자는 내용이었습니다. 백성이 편안히 살도록 해 주는 왕이 있다면 그를 따르는 것도 나쁘지 않다는 것입니다.

하지만 정몽주는 이방원과 생각이 달랐습니다. 부모처럼 왕도 바꿀 수 없다고 생각한 것입니다. 그래서 〈단심가〉를 지어 이방원에게 보냈습니다. 살아서 뿐만 아니라 죽어서도 마음을 바꾸지 않겠다는 것입니다. 결국 정몽주는 이방원에게 *살해당합니다.

이방원은 아버지를 도와 조선을 만든 후 아버지의 뒤를 이어 왕이 되었습니다. 그런데 이상한 것은 왕이 된 그가 자신이 죽인 정몽주에게 높은 벼슬을 주었다는 점입니다. 왕이 되고 보니 정몽주와 같은 신하가 필요하다고 생각했기 때문입니다. 지금까지 정몽주는 고려를 진심으로 사랑한 신하로 기억되고 있습니다.

*살해 : 사람을 죽임.

1 이방원이 〈하여가〉를 쓴 이유를 고르십시오.

① 고려의 신하로서 고려를 지키기 위해

② 정몽주의 제안을 받아들이지 않기 위해

③ 고려에 대한 자신의 충성심을 알리기 위해

④ 함께 새로운 나라를 만들 것을 정몽주에게 제안하기 위해

2 (　　　　　)에 들어갈 가장 알맞은 것을 고르십시오.

정몽주는 고려를 (　　　　　) 영원한 나라로 만들려고 했다.

① 지켜서　　　　② 지키거든　　　　③ 지키든지　　　　④ 지킬 테니

3 〈하여가〉에서 밑줄 친 부분(어떠하리)에 나타난 '나'의 심정으로 알맞은 것을 고르십시오.

① 상관없다　　　　② 속상하다　　　　③ 억울하다　　　　④ 실망하다

4 〈단심가〉를 쓴 정몽주의 생각으로 맞는 것을 고르십시오.

① 고려를 떠날 것이다.

② 이방원을 도울 것이다.

③ 죽어서라도 고려를 지킬 것이다.

④ 이방원과 함께 새 나라를 만들 것이다.

5 괄호 안을 알맞게 채우십시오.

누리다　　　　얽히다　　　　넋　　　　일편단심

① 너무 놀라서 (　　　　)이 나갔다.

② 한 사람을 (　　　　)으로 사랑하다.

③ 줄이 서로 (　　　　) 있어서 풀 수가 없다.

④ 영화배우 S 씨는 최고의 인기를 (　　　　) 있다

1 이같이

▶ '이 모양으로' 또는 '이렇게'라는 뜻을 나타내는 말. '그같이, 저같이'도 있다.

우리도 **이같이** 얽혀져 백년까지 누리리라.

- 방송 인터뷰에서 장관은 그 문제에 대해 **이같이** 말했다.
- 그 문제는 **이같이** 처리해 주십시오.
- 그때 일에 대해 아버지의 수첩에는 **이같이** 기록되어 있다.

참고 같이 : 앞의 말과 모양이나 행동이 비슷함을 나타내는 말.
- 지수는 마음이 비단**같이** 곱습니다.
- 포도주 색깔이 피**같이** 빨개요.
- 방이 얼음**같이** 차가웠다.

2 까지

▶ 시간을 나타내는 말 뒤에 써서 '그 시간에 이르도록'이라는 뜻을 나타내는 말.

우리도 이같이 얽혀져 백년**까지** 누리리라.

- 늘 6시**까지** 학교에 있습니다.
- 아홉 시에서 여섯 시**까지** 회사에서 일한다.
- 다섯 시**까지** 꼭 돌아오세요.

참고 '까지'의 다른 의미 :
① 장소를 나타내는 말 뒤에 써서 보통 '~에서 ~까지', '~부터 ~까지'로 시작과 끝을 나타내는 말로 쓴다.
- 서울에서 부산**까지** 버스를 타고 가면 얼마나 걸리지?
② '게다가', '~에 더해서'와 같은 뜻의 말.
- 이 떡은 맛있는데 모양**까지** 예쁘네.

(이)야

▶ 강조의 뜻을 나타내는 말. 받침이 있는 말 뒤에서는 '이야', 받침이 없는 말 뒤에서는 '야'로 쓴다.

📖 임 향한 일편단심**이야** 가실 줄이 있으랴.

   취직하려는 사람**이야** 많지요.

   그런 일**이야** 문제없다.

   나**야** 괜찮지.

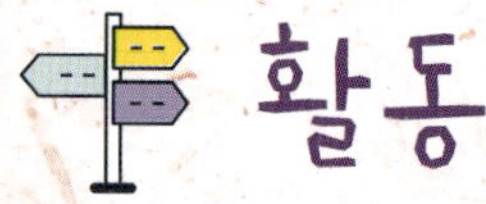

▶ 각 상황에 맞게 아래의 문법을 사용해 상대방을 설득해 보세요.

문법 (이)야

<정몽주> 고려를 지키려는 입장 왕을 배신하려는 사람이야 많지요. 그러나 그것은 옳지 않아요.	<이방원> 새로운 나라를 만들려는 입장 정몽주의 충성심이야 훌륭하지요. 하지만 그는 내 생각에 반대하니 죽여야 해요.
<마트에서> 물건을 더 사자는 입장	<마트에서> 물건을 그만 사자는 입장
<도서관에서> 공부를 더 하자는 입장	<도서관에서> 밥을 먹으러 가자는 입장
< > __________ 입장	< > __________ 입장

동짓달 기나긴 밤을

- 일 년 중에서 언제 밤이 제일 길까요?
- 밤이 길 때는 어떤 생각이 드나요?

작품 읽기

동짓달 기나긴 밤을

황진이

동짓달 기나긴 밤을 한허리를 베어 내어

봄바람 이불 아래 서리서리 넣었다가

고운 임 오신 날 밤이거든 굽이굽이 펴리라.

▪동짓달
the 11th month of
the lunar calendar
冬至の月
阴历十一月，冬月

▪기나길다
to be very long
長すぎる
漫長

▪한허리
the middle
ある長さの中央
当腰

▪베다
to cut
切る
割，切

▪서리서리
round and round
ぐるぐる
一缕缕，一圈圈

▪굽이굽이
meanderingly
曲がるごと
蜿蜒

　살다 보면 '이 시간이 아주 길었으면 좋겠다.'라고 생각할 때가 있습니다. 슬플 때 시간이 빨리 지나갔으면 하고 생각하듯이 말입니다. 그런 생각을 수백 년 전 조선에 살았던 황진이도 했습니다.

　황진이는 조선을 대표하는 기생으로 아름다운 외모에 춤과 노래를 잘하는 여성이었습니다. 그뿐만 아니라 글을 짓는 실력도 뛰어났습니다. 그래서 황진이는 많은 사람들에게 사랑을 받았지만 행복하기만 한 삶은 아니었습니다. 기생이라는 신분 때문입니다. 기생은 *술자리나 잔치에서 춤추고 노래하는 일을 하는 여성으로 낮은 신분입니다. 신분이 낮은 탓에 사랑하는 사람과 결혼을 할 수도 없었습니다. 황진이는 그런 슬픈 마음이나 사랑 같은 여러 감정을 시조로 잘 표현했습니다.

　그 대표적인 시조가 〈동짓달 기나긴 밤을〉입니다. 여기에서 말하는 '동짓달'은 음력 11월입니다. 한 해가 저무는 이 시기는 일 년 중 가장 밤이 긴 달이기도 합니다. 사랑하는 임과 헤어져 있는 사람에게는 밤이 아깝기만 하겠지요. 그래서 황진이는 그 밤 시간을 이불 아래에 넣어 두었다가 사랑하는 사람이 함께 할 때에 꺼내어 쓰고 싶다고 생각한 것입니다. 임에 대한 사랑과 그리움을 느낄 수 있습니다. 또한 보이지 않는 시간을 마치 물건처럼 잘라 두었다가 다른 때에 붙여서 쓴다는 상상력이 대단하게 느껴지기도 합니다. '서리서리', '굽이굽이' 같은 표현도 아름답습니다. 그래서인지 이 작품은 많은 한국인이 사랑하는 시조로 꼽힙니다.

　황진이의 또 다른 시조 〈청산리 벽계수야〉도 함께 읽어 보면 황진이의 작품 세계를 이해하는 데에 도움이 될 것입니다.

*술자리 : 술을 마시며 노는 자리.

1 작가가 이 글을 쓴 목적을 고르십시오.

① 밤의 아름다움을 표현하기 위해

② 밤이 긴 동짓달에 임을 만나기 위해

③ 임을 기다리는 그리움을 표현하기 위해

④ 시간을 마음대로 쓰는 능력을 가지기 위해

2 (   )에 들어갈 가장 알맞은 것을 고르십시오.

황진이는 임이 오신다는 연락을 받고 눈물을 (   ) 기뻤다.

① 닦고 보니　　　② 흘릴 만큼　　　③ 쏟은 후에　　　④ 쏟을수록

3 밑줄 친 부분(기나긴 밤을 한허리를 베어 내어)에 나타난 '나'의 심정으로 알맞은 것을 고르십시오.

① 오늘 밤 시간이 아깝다.

② 오늘 밤 시간이 빠르다.

③ 오늘 밤 시간이 즐겁다.

④ 오늘 밤 시간이 부족하다.

4 황진이가 동짓달 밤을 베어 내고 싶어 하는 이유로 맞는 것을 고르십시오.

① 봄이 빨리 오게 하려고

② 아침이 빨리 오게 하려고

③ 사랑하는 사람이 빨리 오게 하려고

④ 사랑하는 사람과 긴 시간을 함께 보내려고

5 괄호 안을 알맞게 채우십시오.

동짓달　　　기나길다　　　굽이굽이　　　베다

① (　　　　) 세월

② (　　　　) 흐르는 강물

③ 실수로 칼로 손을 (　　　　).

④ (　　　　) 은 1년 중에 밤이 가장 길다.

1 사이시옷

▶ 두 명사가 붙어서 새로운 명사가 될 때 소리의 변화를 나타내기 위해 쓰는 'ㅅ'. 'ㄱ, ㄷ, ㅂ, ㅅ, ㅈ'이 'ㄲ, ㄸ, ㅃ, ㅆ, ㅉ'로 소리가 변하는 경우와 'ㄴ' 소리가 새로 나는 경우 등이 있다.

📖 동짓달 기나긴 밤을

- 젓가락[젇까락/저까락](저+ㅅ+가락)
- 단옷날[다논날] (단오+ㅅ+날)

2 -아/어 내다

▶ 앞말이 결국 이루어짐을 나타내는 말.

📖 동짓달 기나긴 밤을 한허리를 베**어 내어**

- 나는 내 힘으로 모든 것을 이루**어 냈다**.
- 먼지를 닦**아 내려고** 했다.
- 빨리 답을 생각**해 내야** 한다.

3

-았/었다가

▶ 어떤 동작이나 상태가 끝나고 다른 동작이나 상태로 바뀜을 나타내는 말.

📖 봄바람 이불 아래 서리서리 넣**었다가**

- 일단 치마를 입**었다가** 나중에 바지로 갈아입자.
- 좋은 기회를 잡**았다가** 놓쳤다.
- 작년에 부장이**었다가** 올해 이사가 되었다.

-(으)리라

▶ 말하는 사람의 의지나 다짐을 나타내는 말.

📖 고운 임 오신 날 밤이거든 굽이굽이 펴**리라.**

- 오늘부터 저녁을 굶으**리라.**
- 나도 열심히 살을 빼**리라.**
- 나중에는 꼭 시골에서 **살리라.**

참고 '-(으)리라'가 추측을 나타내는 경우도 있다.
- 추석이 지나면 물가가 오르**리라.**
- 이렇게 다이어트하면 올 여름에는 비키니를 입게 되**리라.**

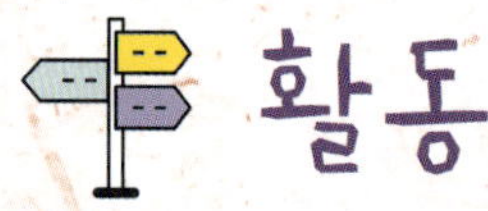

▶ 사랑하는 사람과 함께 할 시간이 있을 때 하고 싶은 일을 아래의 문법을 사용해서 써 보세요.

문법 -았/었다가

예 언제? 동짓달 밤 11시쯤
어디서? 굽이굽이 올라간 남산 서울타워에서
무엇을? 잘라 낸 낮 시간을 밤에 붙여 서울의 밤을 기나길게 즐겨야지.
어떻게? 시간이 흘러가지 않게 꼭 잡았다가 (후회없이 사랑할 거야.)
왜? 서로 사랑하니까

	하고 싶은 일
언제	
어디서	
무엇을	
어떻게	
왜	

어버이 살아 있을 때

- 부모님에 대해 생각하면 어떤 생각이 가장 많이 떠오르나요?
- 그중 행복한 기억은 어떤 것이 있나요?

어버이 살아 있을 때

정철

어버이 살아 있을 때 **섬기기**를 다하여라.

지나간 후면 **애달파도 어찌하리**.

평생에 고쳐 못할 것은 이뿐인가 하노라.

<table>
<tr><td>■ 어버이
parents
両親
父母</td></tr>
<tr><td>■ 섬기다
to serve
仕える
侍奉，侍候</td></tr>
<tr><td>■ 애달프다
to be heartrending
切ない
悲伤，悲痛</td></tr>
<tr><td>■ 어찌하다
to know what to do
どうかする
怎么办</td></tr>
</table>

작품 설명

　예로부터 한국은 *동방예의지국(東方禮儀之國)이라고 불렸습니다. '예의를 중요하게 생각하는 나라'라는 뜻입니다. 특히 효도를 중요하게 여겼습니다. 나를 낳고 키워 주신 부모님의 *은혜는 바다보다 깊다고 생각했습니다. 그래서 5월 8일을 어버이날로 정하고 부모님께 감사의 마음을 전합니다.

　〈어버이 살아 있을 때〉는 조선의 시인이었던 정철이 지은 〈훈민가〉 중의 한 부분입니다. 〈훈민가〉는 평범한 사람들이 어떻게 살아야 하는지 가르쳐 주기 위해 지은 시조입니다. 왕에게 충성하고, 형제끼리 사이좋게 지내라는 등의 이야기를 담고 있습니다.

　그중 한 편인 〈어버이 살아 있을 때〉는 제목에서 짐작할 수 있는 것처럼 부모님이 살아 계실 때 효도해야 한다는 내용입니다. 누구나 부모님께 효도를 하려고 생각은 하지만 쉽게 실천하기가 어려워서 다음으로 미루기 쉽습니다. 그런데 자꾸 미루다가 부모님이 살아 계실 때에 기쁘게 해 드리지 못하면 나중에 후회해도 소용이 없지요. 그래서 정철은 그 점을 말해 주는 시조를 지었습니다.

　이 밖에도 정철은 800여 편이 넘는 시조를 남겼습니다. 시조가 아닌 작품으로 *가사인 〈관동별곡〉, 〈사미인곡〉도 유명한 작품이므로 읽어 볼 만합니다. 또한 정철과 더불어 대표적인 작가로 꼽히는 윤선도의 시조도 찾아서 읽어 보면 좋을 것입니다.

*동방예의지국 : (중국에서 볼 때) 동쪽에 있는 예의 바른 나라.
*은혜 : 고맙게 베풀어 주는 신세나 혜택.
*가사 : 시와 산문의 중간 형태의 문학.

1 작가가 이 글을 쓴 목적을 고르십시오.

① 백성들을 가르치고 이끌기 위해

② 위기에 처한 나라를 구하기 위해

③ 자신의 억울한 상황을 알리기 위해

④ 조선의 상황을 다른 나라에 알리기 위해

2 (　　　　　)에 들어갈 가장 알맞은 것을 고르십시오.

고향에 (　　　　　) 부모님께 안부 좀 전해 줘.

① 찾아가거든

② 찾아가려면

③ 찾아가더라도

④ 찾아간다기에

3 밑줄 친 부분(평생에 고쳐 못할 것은 이뿐인가 하노라)에 나타난 '나'의 심정으로 알맞은 것을 고르십시오.

① 기쁘다　　　　　② 안타깝다　　　　　③ 불쌍하다　　　　　④ 자랑스럽다

5 〈어버이 살아 있을 때〉의 내용과 같은 것을 고르십시오.

① 부모님은 오래 살고 싶어 하십니다.

② 부모님이 살아 계실 때 효도해야 합니다.

③ 부모님이 돌아가신 뒤에 효도해야 합니다.

④ 부모님이 돌아가신 뒤에도 효도할 수 있습니다.

4 괄호 안을 알맞게 채우십시오.

어버이   애달프다   섬기다   어찌하다

① 고객을 (   ) 서비스

② 이제 무엇을 (   ) 좋을지 모르겠다.

③ 라디오에는 (   ) 사연이 자주 나온다.

③ (   ) 은혜는 바다보다 깊고 산보다 높다.

1 하여라

▶ '하다'에 '-아/어라'가 붙은 말. 말할 때는 '해라'로 쓴다.
'하다'에 '-아/어야, -아/어도, -았/었다'가 붙으면 '하여야, 하여도, 하였다'가 된다. 말할 때는 '해야, 해도, 했다'로 쓴다.

어버이 살아있을 때 섬기기를 다**하여라**.

- 결혼을 **하여야** 진짜 어른이다.
- 아무리 이야기를 **하여도** 듣지 않는다.
- 그 여자는 언제나 내 말에 반대를 **하였다**.

2 -(으)ㄴ가/는가/나 하다

▶ 앞말의 내용에 대해 생각하거나 추측할 때 쓰는 말.
동사, '있다, 없다' 뒤에서는 '-나 하다' 또는 '-는가 하다'로 쓴다. 형용사, '-이다' 뒤에서는 '-(으)ㄴ가 하다'로 쓴다.

평생에 고쳐 못할 것은 이뿐**인가 하노라**.

- 무슨 일이 있**나 해서** 와 봤어요. / 무슨 일이 있**는가 해서** 와 봤어요.
- 그 정도 양이면 충분하지 않**은가 한다**.
- 저 분이 혹시 선생님**인가 했어요**.

-노라

▶ 엄숙하게 말하거나 선언할 때 쓰는 말. 옛날에 쓰던 말투이고, 요즘은 글을 쓸 때만 쓴다.

📖 평생에 고쳐 못할 것은 이뿐인가 하**노라**.

- 왔**노라**.
- 싸웠**노라**.
- 이겼**노라**.

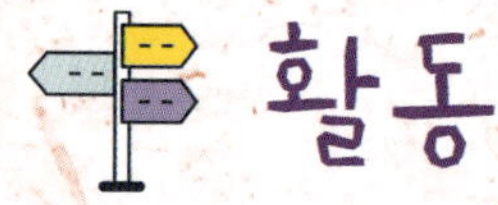

▶ 조선의 장군 이순신은 긴 전쟁으로 오랫동안 집으로 돌아가지 못했어요. 그래서 어머니를 찾아가기 위해 왕에게 휴가를 달라고 했어요. 왕의 입장에서 이순신의 요청에 대해 아래의 문법을 사용해서 답장을 써 보세요.

문법　하여라

어머니를 만나고 올 수 있게 허락해 주십시오.

며칠 전 어머니가 편지를 보내셨습니다. 저를 만나고 싶다는 내용이었습니다. 저는 몇 해 전 돌아가신 아버지의 마지막 가시는 길도 보지 못했습니다. 그 일을 생각하면 지금도 마음이 아픕니다. 다시 불효자가 되고 싶지 않습니다. 어머니가 건강하실 때 만나고 올 수 있도록 허락해 주십시오.

이순신 올림.

이순신에게

마무리

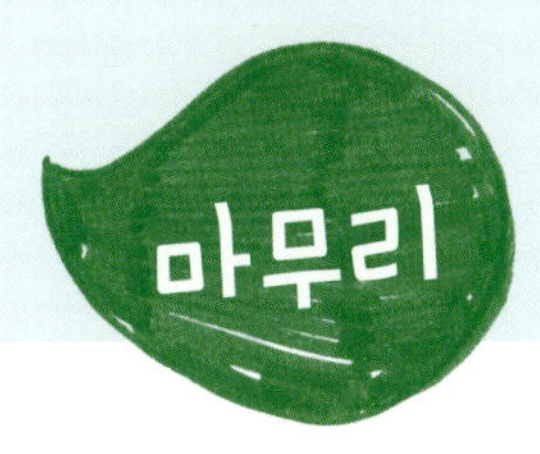

여러분이 인상 깊게 읽었던 작품의 작가를 찾아 보세요. 그 작품과 작가에 대해 소개하는 글을 써 보세요.

김유정 주요섭 이효석 황진이 작가 모름 김춘수

윤동주 김소월 현진건 한용운

정몽주 허균 이방원 정철

작품 :

작가 :

부록

내용 이해하기 정답

어휘 색인

문법 색인

현 대 소 설

01

1. ②　　　2. ③　　　3. ②

4. ① 향긋하다

　　② 새빨개지다/새빨개졌다

　　③ 멍하니

　　④ 나날이

5. 점순이 마름의 딸이라서.
(예) 나의 가족은 땅이 없어서 남의 땅에 농사를 지어야 한다. 그러려면 땅을 관리하는 마름의 눈 밖에 나지 말아야 한다. 그래서 나는 마름의 딸인 점순에게 화가 나도 화를 내지 못한다.

02

1. ①　　　2. ②　　　3. ①

4. ① 갈피 ② 파르르 ③ 홍당무 ④ 손가락질

5. 아빠이면 좋겠다고 생각했다.
(예) 옥희의 유치원 친구들이 아저씨를 옥희의 아빠라고 생각했는데, 그 말을 듣고 옥희는 아저씨에게 아저씨가 아빠이면 좋겠다고 말했다.

03

1. ④　　　2. ①　　　3. ④

4. ① 채찍　　　　　② 헛디디다/헛디뎠다
　　③ 피붙이　　　　④ 어지간히

5. 동이가 아들이라고 생각한다. 동이의 어머니가 봉평에서 살았고, 동이는 아버지가 없었고 왼손잡이라서.
(예) 허 생원이 평생 잊지 못하는 여인과 첫날밤을 보낸 곳이 봉평이다. 그런데 동이는 어머니의 친정이 봉평이라고 했다. 아버지 없이 자랐다고도 했다. 그리고 채찍을 왼손으로 잡는 것을 보아 허 생원과 같은 왼손잡이이다. 그래서 허 생원은 동이가 자기의 아들이라고 생각한다.

04

1. ②　　　2. ③　　　3. ②

4. ① 추적거리다/추적거렸다　② 곱빼기
　　③ 궂다　　　　　　　　④ 운수

5. 아내의 죽음을 피하고 싶어서.
(예) 김 첨지는 일을 나가지 말라고 한 아내의 목소리가 자꾸 귀에 들리고, 손님을 태우면 마음이 가벼워지고 손님이 없으면 마음이 무거워졌다. 그것은 김 첨지가 아내는 아마 죽었을 것이라고 생각했기 때문이다. 그래서 아내의 죽음을 피하고 싶어서 계속 손님을 태우고, 치삼과 오래 술을 마셨다.

현 대 시

05

1. ④　　　2. ③　　　3. ③

4. ① 아름　　　　　② 사뿐히
　　③ 고이　　　　　④ 역겹다

06

1. ④　　　2. ③　　　3. ④

4. ① 죽어 간다　　　② 점
　　③ 스쳐/스치고　　④ 잎새

07

1. ①　　　2. ④　　　3. ②

4. ① 티끌　　　　　② 걷잡을
　　③ 황금　　　　　④ 휩싸고

08

1. ④　　　2. ①　　　3. ②

4. ① 빛깔　　　　　② 알맞은
　　③ 몸짓　　　　　④ 눈짓

고 전 소 설

09

1. ①   2. ③   3. ①

4. ① 주걱   ② 심술
   ③ 제비   ④ 무시무시한

5. 제비의 다리를 고쳐 주고 부자가 되려고.
(예) 놀부는 흥부가 제비의 다리를 고쳐 주고 부자가 된 것을 보고 똑같이 따라하려고 했다. 자기도 제비가 가져다 준 박씨로 더 부자가 되고 싶었기 때문이다. 그래서 제비의 다리를 자기가 부러뜨리고 자기가 고쳐 주었다.

10

1. ①   2. ①   3. ③

4. ① 영웅   ② 괴롭히면
   ③ 설득하다   ④ 망설이다

5. 어머니의 신분이 낮기 때문에.
(예) 신분 제도에서는 어머니의 신분을 따라야 한다. 그래서 홍길동의 아버지는 양반이지만, 첩인 어머니의 신분을 따라 홍길동은 천민이다. 홍길동은 천민이기 때문에 높은 신분의 아버지에게 아버지라고 부를 수 없었다.

11

1. ②   2. ②   3. ①

4. ① 초대   ② 어리둥절하다
   ③ 개천   ④ 잔치

5. 쌀 삼백 석으로 아버지의 눈을 뜨게 하려고.
(예) 심청은 아버지가 눈을 뜨기 위해 스님에게 쌀 삼백 석을 바치겠다고 약속했지만 쌀이 없어서 걱정하는 것을 보았다. 그것이 마음이 아팠는데 인당수에 제물이 되는 여자에게는 쌀 삼백 석을 준다는 소식을 들었다. 그래서 심청은 아버지의 눈을 뜨게 하기 위해서 쌀 삼백 석을 받고 인당수에 뛰어들기로 결심했다.

12

1. ②   2. ④   3. ④

4. ① 위기   ② 무리   ③ 감옥   ④ 그네

5. 사랑하는 몽룡의 약속을 믿고 기다리고 있기 때문에.
(예) 춘향과 몽룡은 서로 깊이 사랑했지만 몽룡은 서울로 떠나야 했다. 몽룡은 장원급제해서 다시 돌아올 것이라고 춘향에게 약속했다. 그래서 춘향은 몽룡의 약속을 믿고 사랑을 지키면서 몽룡을 기다렸다. 춘향은 몽룡을 기다리고 있기 때문에 변 사또의 부탁에 따라 변 사또의 옆에 있고 싶지 않았다.

시 조

13

1. ④   2. ①   3. ①   4. ③

5. ① 넋   ② 일편단심
   ③ 얽혀   ④ 누리고

14

1. ③   2. ②   3. ①   4. ④

5. ① 기나긴   ② 굽이굽이
   ③ 베다/벴다   ④ 동짓달

15

1. ①   2. ①   3. ②   4. ②

4. ① 섬기는   ② 어찌해야/어찌하면
   ③ 애달픈   ④ 어버이

시 따라 쓰기

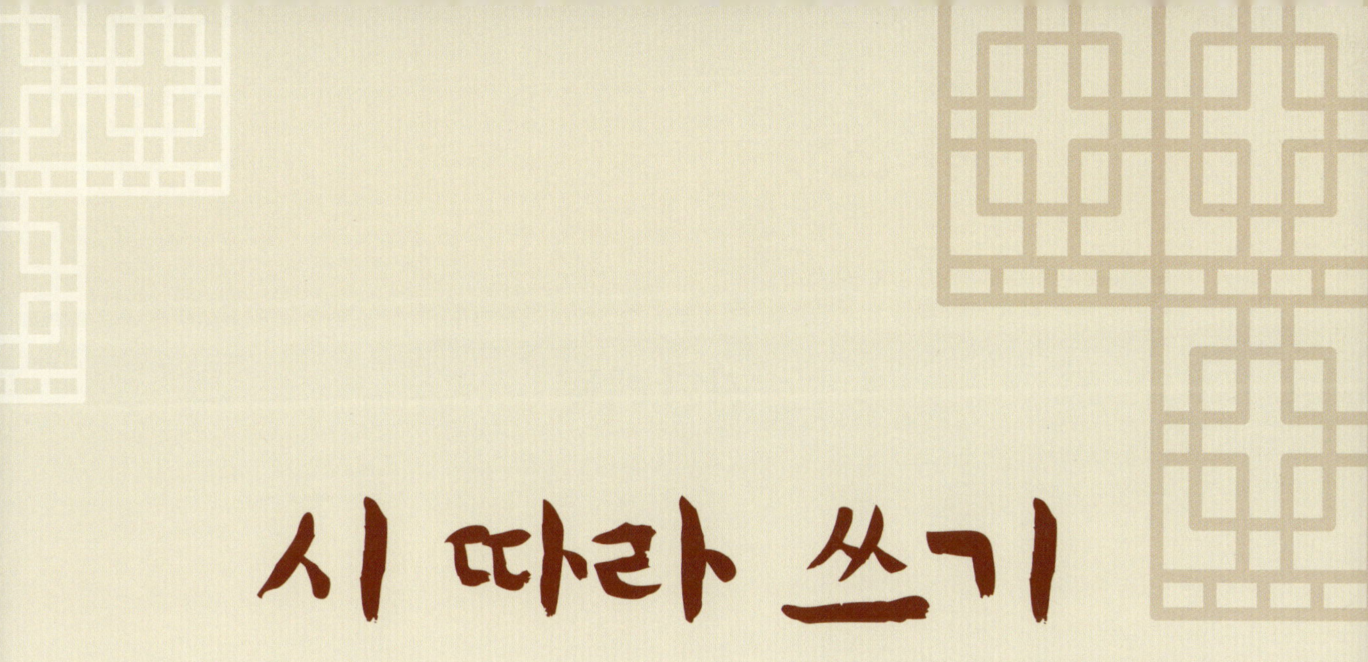

현대 시

진달래꽃

서시

님의 침묵

꽃

시조

하여가

단심가

동짓달 기나긴 밤을

어버이 살아 있을 때

진달래꽃

김소월

나 보기가 역겨워
가실 때에는
말없이 고이 보내 드리오리다.

영변에 약산
진달래꽃
아름 따다 가실 길에 뿌리오리다.

가시는 걸음걸음
놓인 그 꽃을
사뿐히 즈려밟고 가시옵소서.

나 보기가 역겨워
가실 때에는
죽어도 아니 눈물 흘리오리다.

서시

윤동주

죽는 날까지 하늘을 우러러
한 점 부끄럼이 없기를.
잎새에 이는 바람에도
나는 괴로워했다.
별을 노래하는 마음으로
모든 죽어 가는 것을 사랑해야지.
그리고 나한테 주어진 길을 걸어가야겠다.

오늘 밤에도 별이 바람에 스치운다.

님의 침묵

한용운

님은 갔습니다. 아아, 사랑하는 나의 님은 갔습니다.

푸른 산빛을 깨치고 단풍나무 숲을 향하야 난 작은 길을 걸어서, 차마 떨치고 갔습니다.

황금의 꽃같이 굳고 빛나던 옛 맹서는 차디찬 티끌이 되어서 한숨의 미풍에 날아갔습니다.

날카로운 첫 키스의 추억은 나의 운명의 지침을 돌려놓고, 뒷걸음쳐서 사라졌습니다.

나는 향기로운 님의 말소리에 귀먹고, 꽃다운 님의 얼굴에 눈멀었습니다.

사랑도 사람의 일이라, 만날 때에 미리 떠날 것을 염려하고 경계하지 아니한 것은 아니지만, 이별은 뜻밖에 일이 되고, 놀란 가슴은 새로운 슬픔에 터집니다.

그러나 이별을 쓸데없는 눈물의 원천을 만들고 마는 것은 스스로 사랑을 깨치는 것인 줄 아는 까닭에, 걷잡을 수 없는 슬픔의 힘을 옮겨서 새 희망의 정수박이에 들어부었습니다.

우리는 만날 때에 떠날 것을 염려하는 것과 같이, 떠날 때에 다시 만날 것을 믿습니다.

아아, 님은 갔지마는 나는 님을 보내지 아니하였습니다.

제 곡조를 못 이기는 사랑의 노래는 님의 침묵을 휩싸고 돕니다.

꽃

김춘수

내가 그의 이름을 불러 주기 전에는
그는 다만
하나의 몸짓에 지나지 않았다.

내가 그의 이름을 불러 주었을 때
그는 나에게로 와서
꽃이 되었다.

내가 그의 이름을 불러 준 것처럼
나의 이 빛깔과 향기에 알맞은
누가 나의 이름을 불러다오.
그에게로 가서 나도
그의 꽃이 되고 싶다.

우리들은 모두
무엇이 되고 싶다.
너는 나에게 나는 너에게
잊혀지지 않는 하나의 눈짓이 되고 싶다.

하여가

이방원

이런들 어떠하며 저런들 어떠하리.
만수산 드렁칡이 얽혀진들 어떠하리.
우리도 이같이 얽혀져 백년까지 누리리라.

단심가

정몽주

이 몸이 죽고 죽어 일백 번 고쳐 죽어
백골이 진토되어 넋이라도 있고 없고
임 향한 일편단심이야 가실 줄이 있으랴.

동짓달 기나긴 밤

황진이

동짓달 기나긴 밤을 한허리를 베어 내어
봄바람 이불 아래 서리서리 넣었다가
고운 임 오신 날 밤이거든 굽이굽이 펴리라.

어버이 살아 있을 때

정철

어버이 살아 있을 때 섬기기를 다하여라.
지나간 후면 애달파도 어찌하리.
평생에 고쳐 못할 것은 이뿐인가 하노라.

한국어 한국문학

초판발행	2017년 9월 4일
초판 2쇄	2020년 2월 20일
저자	김선주, 유필재
책임편집	권이준, 양승주
펴낸이	엄태상
디자인	진지화
콘텐츠 제작	김선웅, 전진우
마케팅	이승욱, 오원택, 전한나, 왕성석, 노원준
온라인 마케팅	김마선, 김제이, 조인선
경영기획	마정인, 조성근, 최성훈, 정다운, 김다미, 전태준, 오희연
물류	유종선, 정종진, 윤덕현, 양희은, 신승진
펴낸곳	한글파크
주소	서울시 종로구 자하문로 300 시사빌딩
주문 및 교재 문의	1588-1582
팩스	(02)3671-0500
홈페이지	www.sisabooks.com
이메일	book_korean@sisadream.com
등록일자	2000년 8월 17일
등록번호	1-2718호

ISBN 978-89-5518-815-8 13710